Das Sommercamp

Christa Mulack

1. Auflage
© 2024 Christa Mulack (Hrsg. C. Giese-Mulack)
Verlag: BoD · Books on Demand GmbH,
In de Tarpen 42, 22848 Norderstedt
Druck: Libri Plureos GmbH, Friedensallee 273,
22763 Hamburg
ISBN: 978-3-7693-1980-4

Christa Mulack

Das Sommercamp

Herausgegeben von Dr. Cornelia Giese-Mulack

Meine letzten Gedanken sind ein Dank,
dass ich so vielen Frauen die Liebe,
und den Drang zur Freiheit
vermitteln durfte.
Den beiden wichtigsten Standbeinen
im Leben von Frauen
4.5.2021

Christa hat diese Erlebnisse mit den Mädchen im Sommercamp in den USA in den 70er Jahren aufgeschrieben. Diese Art von restriktiven Camps hat es wirklich in den USA gegeben, und gibt sie vielleicht in dem „freien Amerika" bis heute.

Einleitung

I. Teil: Einweisung in die schöne neue Welt des Sommercamps

2. Teil: Schwarz und Weiß - Hand in Hand –

Einleitung

Je älter wir werden, desto kostbarer wird jener Erinnerungsschatz, der bei uns bleiben durfte. Der vielleicht sogar gepflegt wurde, so dass er nicht verblasste, sondern sich immer lebendiger und konturenreicher zeigte, da er sich mit weiteren Erfahrungen auf die eine oder andere Weise zu verbinden verstand.

Aus dem bunten Spektrum von Erinnerungsfiguren habe ich für dieses Buch **Julia** ausgewählt - ein zehnjähriges Mädchen, das ich nicht länger als vier Wochen lang aus unmittelbarer Nähe erleben durfte, ohne dass es im Anschluss an diese Zeit zu weiteren Kontakten kam.

Julia war ein kleinwüchsiges Kind, das unvergessliche Eindrücke in meiner Seele hinterließ, die auch vierzig Jahre später noch erstaunlich lebendig sind und immer wieder vor mein inneres Auge treten.

Vielleicht sollte ich noch hinzufügen, dass sie ein schwarzes Mädchen war. aus der bittersten Armut der damaligen Bronx kommend und zudem so schwer zuckerkrank, dass sie an Wachstumsstörungen litt und ihr mit Sicherheit kein langes Leben beschert sein würde. Damals war sie in meiner Gruppe, die ich in einem amerikanischen Sommercamp für zuckerkranke Kinder vier Wochen lang betreute.

Dort gehörte ich während meiner Semesterferien einen Sommer lang zum pädagogisches Personal in der

Funktion als **Camp-Councelor** - eine Bezeichnung, die ich der Einfachheit halber nachfolgend mit **"CC"** abkürzen werde.

Den Job hatte ich über eine studentische Organisation bekommen, die in Deutschland Sommerjobs in die Vereinigten Staaten von Amerika vermittelte.

Als ich mich bewarb, lagen bereits mehrere Jahre Sprachstudien in England, Frankreich und Deutschland, wo ich zusätzlich ein zweijähriges Dolmetscher-Seminar besuchte, hinter mir. Da konnte mir Amerika nur recht sein.

Nach meiner Bewerbung wurde ich zu verschiedenen Testverfahren eingeladen und schließlich auch angenommen - ohne jedoch Einfluss auf die Wahl des Camps nehmen zu dürfen. Das fand ich nicht weiter schlimm, da es mir in erster Linie wichtig war, meinen angestrebten pädagogischen Beruf mit der Vervollkommnung meiner Sprachstudien zu verbinden. - Das Fernweh mit dem Drang in die Weite der Welt trugen des weiteren zur Annahme dieses Jobs bei - egal, wo ich hinkäme.

Nun war aber Julia nicht der einzige Grund, der mich zu diesem Buch bewog, sondern nur die Initialzündung. Den finalen Anstoß dazu gab mir die anhaltende Diskussion über den **amerikanischen Geheimdienst NSA** mit seinem weit gespannten Spitzelnetzwerk, das Freund und Feind gleichermaßen ausspioniert.

Erst im Zuge der zahlreichen Veröffentlichungen zu diesem Thema fielen mir Parallelen auf zu meinem Sommercamp, von denen ich vorher nichts wissen konnte.

Diese Parallelen lassen vermuten, dass die NSA weitaus tiefer in der amerikanischen Bevölkerung verankert ist als allgemein angenommen und ohne, dass es ihr selbst bewusst ist. Immerhin ist das Sommercamp ein fester Bestandteil der amerikanischen Kultur und von sehr unterschiedlicher Qualität und Ausrichtung. Dies Buch soll jedoch nicht dazu dienen, meine Erfahrungen in unzulässiger Weise zu verallgemeinern - auch wenn ich von einigen Parallelen zu anderen Camps gehört habe. Dennoch reichen diese bei weitem nicht aus, um pauschale Vorwürfe gegen die Sommercamps zu erheben.

Es geht mir hier sowieso nicht um Vorwürfe, sondern lediglich um eine Beschreibung jener amerikanischen Wirklichkeit, mit der ich in jenen zwei Monaten in "meinem" Camp konfrontiert war. Eine Wirklichkeit, die zwar allem widersprach, was ich während meiner anschließenden Reise durch den amerikanischen Kontinent erlebte, die aber dennoch existierte und möglicherweise nicht einmal singulär ist. - Doch bedürfte sie einer genauen Analyse, die zu leisten eine Aufgabe von SoziologInnen und NSA-ExpertInnen wäre.

Mir geht es in diesem Buch daher ausschließlich um die beiden genannten Schwerpunkte, in denen zwei grundverschiedene Erinnerungsfiguren - Julia und das Camp – miteinander verschmolzen sind.

Den ersten und umfangreicheren Teil des Buches nimmt daher das Sommercamp als solches ein mit seinen problematischen Strukturen und Mechanismen, die für mich zunehmend an Bedeutung gewannen, je besser ich sie zu durchschauen vermochte.

Daher beschreibe ich minutiös, wie sich ein Puzzle allmählich zusammenfügte und ich zu begreifen begann, was sich hinter all den Widersprüchlichkeiten verbarg, denen ich im Camp und seinem Personal auf Schritt und Tritt begegnete,

Dabei kamen mir allerdings auch Zufall und/oder Schicksal entgegen, als ich Insider des Camps kennenlernte, die bereit waren, mir von ihren Erfahrungen zu berichten und damit die meinen erweitern und ins rechte Licht zu rücken halfen.

Auf dem Hintergrund dieser recht umfassenden Problematik spielt die erste Gruppe, die ich zu betreuen hatte, in diesem Buch eine recht untergeordnete Rolle; denn die Mädchen kamen in der damaligen Wirklichkeit in der Tat zu kurz. Ich war gedanklich dermaßen mit dem Camp beschäftigt, dass ich mich auf sie nicht so einlassen konnte, wie ich es gern getan hätte und wie es mir bei der zweiten Gruppe auch gelang.

Als ich sie übernahm, war ich nicht länger absorbiert mit dem Kennenlernen der Camp-Politik und konnte wesentlich souveräner mit den Camp-Regeln und den Mädchen umgehen. Erst dadurch konnte es zu jener emotionalen Tiefe kommen, die den Camp-Aufenthalt für mich und die Mädchen zu etwas ganz Besonderen werden ließ.

Damit komme ich zum zweite Schwerpunkt im zweiten Teil dieses Buches, der insbesondere auf Julia abhebt, auch wenn sie in keinem Zusammenhang steht mit dem Schwerpunktthema des ersten Teils. Vielmehr profitierte ihre Gruppe von meinen zuvor gemachten Erfahrungen, da ich sie nunmehr vor den negativen Folgen der Camp-Politik schützen konnte, auf die ich inzwischen hatte ich gelernt, mich einzustellen und mit ihr umzugehen.

Den Mittelpunkt bilden hier die Reaktions- und Verhaltensweisen Julias, von denen ich und die Gruppe fasziniert waren.

Trotz der Schwere ihrer Krankheit, trotz - oder gar wegen - ihrer Kleinwüchsigkeit, trotz des Umstands, dass sie die einzige Farbige mit der schlechtesten Schulbildung in der Gruppe war, gelang es ihr auf eine dermaßen natürliche und souveräne Art und Weise, ihre Vorstellungen durchzusetzen, dass sie damit die anderen Mädchen und mich faszinierte, zutiefst beeindruckte und berührte.

Hinzu kam, dass wir im Camp auf ihr genaues Gegenstück stießen - auf ein blondes blasses Mädchen Namens Debbie, die unmittelbar neben Julia ihr Bett hatte und mir ebenfalls lebhaft in Erinnerung blieb. Im Gegensatz zu Julia schrieb mir Debbie im Anschluss an das Camp mehrere Briefe, in denen sie mich immer wieder zu sich nach Hause einlud und mich dort sehnlichst erwartete.

Als mir vor einigen Jahren einer ihrer rührenden Briefe in die Hände fiel, der mit einem "I love you so much" endete und jahrzehntelang unbeachtet geblieben war, nahm ich per Internet Kontakt zu ihr auf, was schneller ging als gedacht, da ich Nachnamen und Adresse auf dem Briefumschlag fand, die mir weiterhalfen.

Wie ich erfahren konnte, arbeitete sie zwischenzeitlich als Investment-Bankerin in New York, obwohl ich sie als musisch und poetisch stark interessiert erlebt hatte. Wir korrespondierten eine Weile per e-mail und ich erfuhr einiges über ihrem weiteren Lebensweg. - Sollte ich noch einmal nach New York kommen, wollen wir auf jeden Fall miteinander Essen gehen. - Doch das nur am Rande.

Abschließend möchte ich noch anmerken, dass ich in diesem Buch großen Wert auf Authentizität lege und nichts geschrieben habe, was sich nicht in diesem Kontext auch wirklich zugetragen hat. Das gilt im großen und ganzen auch für die Abfolge der Ereignisse, bei der ich aber möglicherweise hin und wieder improvisiert habe, da mir meine diesbezüglichen Notizen in der Zwischenzeit abhanden gekommen sind. So ging ich bei Lücken von den inneren Zusammenhängen und ihrer Logik aus. Ansonsten verbürge ich mich für die Faktizität der Ereignisse, an denen Fake-News keinen Anteil haben.

1. Teil: Einweisung in die schöne neue Welt des Sommercamps
1. "Let's go!" - Auf nach Amerika

Für meine Semesterferien hatte ich mich bei einer Studenten-Organisation für einen dreimonatigen Aufenthalt in den USA beworben. Zwei Monate lang würde ich als pädagogische Kraft - genannt Camp-Councelor (CC) - in einem Ferien-Lager arbeiten. Anschließend hätte ich einen Monat zur freien Verfügung, um Land und Leute kennenzulernen. Das Konzept sagte mir zu, denn mit dem Job im Camp könnte ich ein für mein Studium benötigtes Praktikum erwerben und dazu auch noch meine englischen Sprachkenntnisse um das Amerikanische erweitern. Davor hatte ich bereits ein fünfjähriges Sprachstudium in England, Frankreich und Deutschland absolviert, so dass mir Amerika als gute Ergänzung erschien. Nach einer ganztägigen Prüfung in einer nahegelegenen Großstadt erhielt ich eine Zusage, allerdings ohne zu erfahren, in welcher Art von Camp und an solchem Ort ich landen würde. Auch von der Altersgruppe, die ich betreuen würde erfuhr ich noch nichts. Das erschwerte meinee Vorbereitungen auf das Camp, mit denen ich am liebsten sofort begonnen hätte.

So beschränkte ich mich auf das Sammeln von Gruppenspielen für Kinder und Jugendliche sowie bilderreiches Informationsmaterial über Deutschland. Dazu bekannte deutsche Lieder und Witze, die ich ins Englische übertrug. Denn bereits jetzt stand fest: Ich würde die einzige Deutsche im Camp sein; denn für diese Jobs bewarben sich Menschen aus aller Welt, die aber immer nur ein Drittel der Camp-Coucelors ausmachen durften.

Dass sich meine Art der Vorbereitung als völlig sinnlos herausstellen sollte, konnte ich zu diesem Zeitpunkt noch nicht ahnen. Sie zeigte mir im Nachhinein, dass ich mir völlig falsche Vorstellungen von diesem Job gemacht hatte: schlichtweg Täuschungen - auch aufgrund des Prospekts, auf den hin ich mich beworben hatte - denen unweigerlich Enttäuschungen folgen mussten. Doch sie sollten wettgemacht werden durch all das Erfreuliche, dass Amerika auch für mich barg. Die ersten Tage dieser Reise in New York City waren natürlich aufregend, wozu meine Erwartungen einiges beitrugen. Denn die Stadt selber übte nicht die große Faszination auf mich aus, von der ich immer wieder gehört hatte. Ich kannte bereits viele Großstädte der Welt und empfand zum Beispiel die europäischen Großstädte als wesentlich attraktiver.

15

Nun konnte aber von einem wirklichen Kennenlernen dieser Stadt keine Rede sein. Doch hatten mir alle Fotos, die ich kannte im Vorfeld suggeriert, man würde sich dort eingeengt fühlen, da man immer nur einen kleinen Ausschnitt des Himmels sehen würde. Erstaunlicherweise war das aber ganz und gar nicht der Fall. Denn auch hier fand die Sonne ihren Weg zu den Menschen. Gewiss, die Zeiträume waren kürzer als gewohnt. Doch wer merkt das schon?

Auch die Sauberkeit der Stadt erstaunte mich - wohl wissend, dass dies nur für die City galt und in vielen Stadtbezirken sicherlich anders war. Leider reichte die Zeit aber nicht für eine umfassende Besichtigung und schon gar nicht für ein Eintauchen in diese Stadt.

Als störend aber erlebte ich dagegen die ständig heulenden PolizeiAutos und Unfallwagen, die mit einem ohrenbetäubenden Lärm durch die Stadt rasten. Gemessen daran schien in dem für uns gebuchten Jugend-Hotel eine wohltuende Stille zu herrschen. Hier würde ich also auf die "Jugend aus aller Welt" treffen, mit der es zu "einem lebendigen Austausch" kommen würde, wie es im Prospekt geheißen hatte. Auf ihn hatte ich mich besonders gefreut. Doch er fand weder im New Yorker Hotel noch später im Sommer-Camp statt. Da wir alle in Einzelzimmer untergebracht waren und uns in der Gruppe nur zu festgelegten Besprechungen zusammenfanden, hatten wir kaum Gelegenheit uns näher kennenzulernen. Unsere jeweiligen Organisationen, die uns ins Land gebracht hatten,

16

informierten uns über vertragliche und organisatorische Aspekte unseres Aufenthalts. Dabei ging es im Wesentlichen um Versicherungen, Krankheits- und Unfälle, Camp-Wechsel bei Unverträglichkeiten, aber auch vorzeitige Rückkehr, die eine Übernahme aller entstandenen Kosten wie Flug, Versicherung, Unterkunft, Organisationsaufwand etc. bedeuten würde. Was uns aber am meisten interessierte, in welches Camp wir kommen würden, erfuhren wir erst kurz vor unserer Weiterfahrt dorthin.

Der Swimmingpool im obersten Stockwerk unseres Wolkenkratzer-Jugendhotels vermochte mich dagegen sehr zu begeistern. Allerdings nur bis zu der Erfahrung, dass er immer dann geschlossen war, wenn unser Zeitplan einen Besuch dort gestattet hätte. Außer, ich wäre bereit gewesen, mich noch vor dem Frühstück dort meine Runden zu drehen. Auf nüchternen Magen zu schwimmen war aber damals noch nicht mein Fall. - Das sollte sich erst später ändern.

Immer wieder musste ich mich also daran erinnern, dass ich schließlich nicht als Touristin unterwegs war, sondern als eine primär an einem Job Interessierte, auf den es sich vorzubereiten galt. - Doch nicht einmal das war bislang geschehen.

Erst am Vorabend unserer Weiterreise erfuhren wir, für welches Camp wir vorgesehen waren - eine Entscheidung, an der wir zu unserer Enttäuschung nicht beteiligt wurden. - Noch ahnte ich allerdings nicht, dass ich mich in den nächsten Wochen des Öfteren von

Idealen, Träumen und Illusionen würde verabschieden müssen. Dabei konnte ich aber auch meinen Sinn schärfen für die Wirklichkeit - das heißt: für die auf mich einwerkenden Verhältnisse.

Nach drei Tagen war endlich klar, dass ich die nächsten zwei Monate in einem Camp für zuckerkranke Kinder verbringen würde. Es lag gut drei Autostunden nördlich von New York City in den "Catskill Mountains" - einer Hügel-Landschaft aus endlosen Waldgebieten und zahlreichen Seen, von denen einer zum Camp gehörte und einiges beitrug zur Attraktivität des Camps.

Er wurde auch mir zur Freude, als ich ihn nach zwei Tagen New York City bei der Einfahrt durch die Tore des Camps erblickte.

Meine Begeisterung wäre sicherlich noch größer gewesen, hätte ich schon jetzt gewusst, dass meine Hütte, in der ich die nächsten zwei Monate verbringen sollte, ihm genau gegenüber lag - in wenigen Schritten über den Rasen erreichbar. Sie wäre aber auch wieder gedämpft worden, hätte man mir gesagt, dass ich dort nie würde schwimmen können.

2. "Let' do this..." - Einweisung ins Camp

Das Camp bestand aus rund zwanzig Holzhütten auf Pfählen und einer vorgebauten Veranda mit Tisch und Bänken - dazwischen Bäume und Rasen. Es wirkte sehr idyllisch und ließ mein Herz höher schlagen, war es doch wesentlich kleiner, als ich es mir vorgestellt hatte.

18

Hier würden in den nächsten zwei Monaten täglich zweihundert Kindern herumtollen, baden, schwimmen und sich bespritzen. So meine Vorstellung von prallem Kinderleben während der Sommerferien. Die meisten Sommercamps in Amerika waren wesentlich größer und boten bis zu zweitausend Kindern Raum. Ich war froh, hier gelandet zu sein.

Nach der Ankunft verlebten wir zunächst einmal drei sehr schöne Tage, in denen wir CCs uns ein wenig untereinander kennenlernen konnten. Dabei entstanden kleine Grüppchen, die enger miteinander arbeiteten und auch bei den Mahlzeiten zusammenblieben. Meine Gruppe bestand aus der Schottin Josy, der Französin Madeleine, dem Libanesen Fahir, dem Amerikaner Jim und der Amerikanerin Kimberley. Sie war bei allen gleichermaßen beliebt aufgrund ihrer außerordentlich freundlichen und hilfreichen Art.

Wir waren insgesamt 38 überwiegend weibliche CCs im Camp, von denen rund ein Drittel aus anderen Ländern kamen. Die Einheimischen bildeten also eine klare Mehrheit, was in unserer Gruppe jedoch nicht zum Ausdruck kam. Die meisten von ihnen blieben lieber unter sich und das sollte sich auch im weiteren Verlauf unserer Arbeit immer wieder zeigen. Zu ihnen schienen Kimberley und Jim aber nicht zu gehören. Sie halfen uns bei Verständnisschwierigkeiten, da zum Beispiel Fakir und Madeleine mit dem Amerikanischen hin und wieder Probleme hatten. Ich war froh, einige Ausdrücke dazu zu lernen, die im Englischen nicht vorkamen. - Diese Form des Austauschs war mir äußerst angenehm. Dabei verpasste ich allerdings, auch die anderen CCs ein wenig kennenzulernen - Zumal wir uns ja auch bei den Mahlzeiten nicht unter die anderen mengten, was vielleicht besser gewesen wäre.

Einige der CCs litten selbst an Diabetes - unter ihnen auch Jim. Von ihnen hätte ich mir nähere Hinweise über die Bedeutung dieser Krankheit für das alltägliche Leben gewünscht. Doch das war nicht vorgesehen und wurde auch nicht für nötig erachtet. So war ich froh, Jim zwischendurch einige Fragen stellen zu können, der bereitwillig Auskunft gab.

Insgesamt aber lernten wir weniger über diese Krankheit als ich mir erhofft hatte. Wir erfuhren lediglich, dass das Camp über ein medizinisches Zentrum mit einer Fachärztin für Diabetes und einer Diät-Assistentin verfügte, die für jedes Kind den täglichen Kalorienbedarf errechnete , der weder über- noch unterschritten werden durfte.

Morgens und Abends würden wir die Kinder zum medizinischen Zentrum und gegebenenfalls auch wieder abholen. Später ergab sich hin und wieder die Gelegenheit, mit den anderen Ccs ins Gespräch zu kommen.

Die Idee eines Camps ausschließlich für zuckerkranke Kinder begeisterte mich von Anfang an. Je mehr ich dann jedoch in Kontakt kam mit den zum Teil haarsträubende Umsetzungspraktiken, desto mehr verwandelte sich meine Begeisterung in Empörung. -

Doch vorerst ließ ich mich noch blenden von dieser Idee und glaubte fest an das Camp-Credo: Hier lernen die Kinder, mit ihrer Krankheit in der rechten Weise umzugehen und sich angemessen zu ernähren und unkontrolliertem Essen ein Riegel vorschob wurde. Daneben lernten sie, sich selbst die möglichst geringe zu haltende Menge an Insulin zu spritzen. Für beides warb das Camp mit großen Kampagnen, die sich an Kinder und Eltern ebenso wandten wie an SponsorInnen, von denen sein Bestand abhing. besonderen Wert legte der feste Mitarbeiterstab (Staff) bei seiner Einweisung auf die Einhaltung der Camp-Regeln, deren Bedeutung er vorwiegend aus der Krankheit der Kinder ableitete. Ein solcher Zusammenhang war allerdings nicht immer ersichtlich. Hier nur einige der wichtigsten, die übrigens auch für die Ccs galten Regeln:

Verboten war:

- Barfußgehen, da blutende Wunden bei Zuckerkranken zu gefährlichen Verletzungen führen konnten.
- Zuspätkommen zu den Mahlzeiten, da sonst der Zuckerspiegel zu stark absinken könnte. (Da würden einige Minuten wohl nicht viel ausmachen.)
- Essbares in den Schränken zu verwahren. (Absolut wichtig auch ohne Diabetes, da sonst Ameisen in Scharen angelockt würden!)

- Essen außerhalb des Speisesaals und vom Tablett anderer. (Die genauen Berechnungen der Speisemengen verboten Tauschgeschäfte und waren daher strengstens untersagt.)
- Nach 22 Uhr reden oder unter der Bettdecke lesen. (Das galt in vielen Camps.)
- Vorzeitiges Abbrechen der vorgegebenen Aktivitäten, da Bewegung für die Kinder sehr wichtig. (Es mussten aber nicht die vorgeschriebenen Aktivitäten sein und hätte durchaus mehr Wahlfreiheit zugelassen!)
- Auf Diebstahl stand die sofortige Verweisung aus dem Camp.
- In den Hütten hatten die Kinder selbst für Sauberkeit und Ordnung zu sorgen, da es kein Reinigungspersonal gab.

Anfangs konnte ich diese Regeln vorbehaltlos anerkennen und nahm mir vor, für ihre Einhaltung zu sorgen. - Das sollte sich allerdings im Laufe der Zeit ändern...

Nach dem Kennenlernen der medizinischen und ernährungstechnischen Abläufe im Zusammenhang mit dem Tagesablauf erhielten wir eine pädagogische Einweisung. Hier nun galt es, den Ferienmodus der Kinder im Blick zu haben. Wir sollten sie daher weder zu etwas zu drängen, noch ihnen den Eindruck von Zwang zu vermitteln. Das ginge am besten, wenn man ihnen keine Befehle erteilte, sondern sie vielmehr mit

den Worten ermunterte: "Let's do this, let's do that."
(Lass uns doch dieses oder jenes machen.)
Das gefiel mir - würde allerdings heute hinzufügen: in meiner damaligen Naivität. Schon bald sollte ich nämlich die enttäuschende Erfahrung machen, dass es sich lediglich um Schutz-Formulierungen handelte, um die autoritären Strukturen im Camp zu verdunkeln. - Eine Form der Scheinheiligkeit, mit der ich nicht gerechnet hatte, die ich aber noch deutlich zu spüren bekommen würde.

Zum Glück ahnte ich davon noch nichts, sonst hätte ich wohl möglich das Camp gleich wieder verlassen und damit wichtige Erfahrung verhindert.

Vorerst wiegte ich mich noch in der Illusion, dem Tagesablauf würde ein hohes Maß an Freiwilligkeit innewohnen. Das traf für die meisten Kinder wohl nicht zu, was ich aber erst später bemerkte.

Solange sie noch nicht im Camp waren, kam es mir dort vor wie ein wahres Kinderparadies mit einer Fülle von Möglichkeiten: Baden, Angeln, Wandern, Basteln und Kunstgewerbe, Tennis- und andere Ballspielen, Leichtathletik-Wettkämpfe - nach Lust und Laune Faulenzen gehörte nicht dazu.

Das Staff, das uns die Einweisungen der ersten drei Tage erteilt hatte, bestand aus ehemaligen CCs, die uns mit ihren Erfahrungen auch weiterhin zur Seite stehen würden. Das nahm ich mit Erleichterung zur Kenntnis, war ich mir doch bewusst, dass es sich hier einen sehr verantwortungsvollen Job handelte, bei dem Fehler verheerende Folgen haben konnten.

Neben dem Staff gab es auch noch die Gruppe der "CIT" - der Camp-Councelor in Training - der CC-Lehrlinge sozusagen. Sie waren einmal Camp-Insassen gewesen - folglich auch alle zuckerkrank - hatten aber mit sechzehn Jahren die Altersgrenze für einen Sommeraufenthalt erreicht. Da sie nun den Wunsch hatten, selbst CC zu werden, dafür das Mindestalter noch nicht erreicht hatten, konnten sie nun als CIT ihre Sommer auch weiterhin im Camp verbringen.

Die meisten von ihnen gingen noch zur High School und verrichteten hier hauptsächlich Küchen- und Speisesaaldienste. Sie deckten die Tische, servierten das Essen, erledigten anschließend den Abwasch und warteten im übrigen darauf, in einer Gruppe einspringen zu dürfen. mit dieser Krankheit auf jeden Fall besser umgehen zu können. Doch war mir dieser Vorteil damals noch nicht bewusst.

So kam es hin und wieder vor, dass sie bei Eignung auch als Co-Councelor eingesetzt wurden, wenn ein CC ausfiel - sei es aufgrund eines freien Tages oder wegen Krankheit. Eine Camp-Regel besagte, dass jede Gruppe von zwei Erwachsenen betreut werden musste und keinen Augenblick ohne Aufsicht sein durfte. -

Auch hier sah die Wirklichkeit am Ende etwas anders aus, was ich damals noch nicht ahnte. Überhaupt war mir die offenbar weit verbreitete amerikanischen Sitte unbekannt, nicht mit offenen Karten zu spielen. Eine

Sitte, von der man im Camp meisterlich Gebrauch machte.

Am Ende der drei Einweisungstage erfuhren wir die Zuteilung der Gruppen. Ich bekam die Zwölfjährigen, denen im zweiten Durchgang die Zehnjährigen folgen würden. Meine Hütte hatte die Nummer Elf lag unmittelbar neben einer großen Kastanie mit dem bereits erwähnten Blick auf den See. Besser hätte ich es gar nicht treffen können. In einer der hinteren Hütten hätte ich mich wohl kaum wohl gefühlt. - So war ich begeistert und hielt die "seafront" für den besten Ort im Camp.

Die Hütte hatte insgesamt vierzehn Betten - zwölf für die Kinder und zwei unmittelbar am Eingang für die beiden CCs. Sie waren von den Kindern lediglich durch eine halbhohe Holzwand getrennt. Von Intimsphäre - oder auch nur einem Anflug von Privatheit - keine Spur.

Zwischen den sechs Betten der Kinder zu beiden Seiten der Hütte stand jeweils ein Hocker als Nachttisch sowie ein schmaler Spint für die Kleidung. An das Ende des Raumes grenzte der Duschraum mit mehreren Toiletten, Duschen und Waschbecken.

Nach der Zuteilung richtete ich mich erst einmal in der Hütte ein. Leider kam mein <u>Co-Councelor</u> nicht aus meiner Gruppe. Sie war eine mir zuvor noch nicht begegnete Amerikanerin und hieß <u>Cathrin.</u> Es war schade, dass wir uns zuvor noch nicht begegnet waren, da es unmöglich war in der Eingespanntheit unseres

Jobs mit ständiger Gegenwart der Kinder eine freundschaftliche Beziehung aufzubauen.

Das wurde in meinem Fall durch die Gruppenzuteilung während der Einweisung bereits verhindert. Bewusst? - Ich weiß es nicht, vermutete es aber wesentlich später. So war und blieb mir Cathrin völlig fremd. Doch hatte sie für mich den Vorteil, selbst zuckerkrank zu sein. Das erleichterte mir die Arbeit, wenn ich sie an meiner Seite wusste. Inzwischen hatte ich gelernt, dass diese Krankheit bei Kindern durchaus Gefahrenmomente enthielt.

Etwas später erfuhr ich, dass Kimberley, die ich zu gerne als meine Kollegin gehabt hätte, als einzige von uns gar keine Gruppe bekommen hatte, sondern im Sekretariat beschäftigt wurde. Dort galt sie schon bald als rechte Hand des Camp-Direktors, Mr. Rutler, und seines Stellvertreters John.

Wie es zu diese Auswahl kam, wusste sie angeblich selbst nicht. Wenn ich ihr dies auch anfänglich abnahm, so regten sich an dieser schon bald die ersten Zweifel. Denn es war mir jedoch unerklärlich, wie eine sich junge Frau, die sich als pädagogische Hilfskraft beworben hatte, zur Büroarbeit bereit erklären konnte. - Allerdings war dies für mich kein Hinderungsgrund, unsere freundschaftlichen Kontakte aufzugeben - machte aber damit recht seltsame Erfahrungen: Bereits am nächsten Tag erwiderte sie meinen Morgengruß nicht mehr, was ich zunächst einem schlichtes Übersehen ihrerseits zuschrieb. Vielleicht hatte sie mich aus der Entfernung nur nicht erkannt... Doch dann wiederholte sich diese Situation und Kimberley schien förmlich durch mich hindurch zu sehen. Dabei war doch nichts zwischen uns vorgefallen.

Ich verstand nicht, was hier vor sich ging. Sollten die drei Tage, in denen ich mich an ihrer Seite wohlgefühlt hatte, wir uns näher gekommen und aufrichtig miteinander umgegangen waren, wirklich vorbei sein? Oder gründete alles nur auf meiner Einbildung? - Sollte ich sie nicht einfach zur Rede stellen, sie fragen, was los ist? Warum sie nicht mehr grüßte, wir nicht mehr miteinander reden konnten?

Vielleicht stand sie aber auch unter irgendeinem Zwang oder Druck. Würde sie dann aber mit mir darüber reden wollen - können - dürfen?

Enttäuschung über eine abgetriebene Beziehungsmöglichkeit machte sich in mir breit, dazu kam eine Skepsis hinsichtlich ihrer Glaubwürdigkeit. Nach einigen weiteren Tagen zeigte sich klar, dass ich für sie zu einer Fremden geworden war. Sie schien mich nicht mehr zu kennen. - Hier nun vertiefte sich mein Rätselraten.

Unser Arbeitstag ging jetzt von 6.30 Uhr bis 22.00 Uhr. In diesen mehr als fünfzehn Stunden waren wir dermaßen eingebunden, dass uns keine Minute freie Zeit blieb. Es reichte nicht einmal für einen Blick auf die anderen Gruppen, geschweige denn für ein Gespräch mit den anderen CCs. So erfuhr ich nichts von ihrem Ergehen. - Doch das stimmt nicht ganz.

An meinem zweiten freien Tag erfuhr ich zum Beispiel durch das Küchenpersonal, dass ein CC aus Norwegen bereits am dritten Tag aus dem Camp geworfen wurde. Mitten in der Nacht war er volltrunken ins Camp zurückgekehrt, hatte dort John, angetroffen und ihm eine Flasche Alkohol hingehalten mit den Worten: "Hey John, hier trink - sei kein Frosch!"

Der Angesprochene beförderte ihn gleich am nächsten Morgen eigenhändig aus dem Camp. Dahinter erkannte das Küchenteam, das schon sieben Jahr hier beschäftigt war die typische Camp-Politik: Regelmäßig wurden in den ersten drei Tagen zwei bis drei CCs aus dem Camp entlassen, um den anderen zu zeigen, was ihnen blüht, wenn sie nicht funktionierten. Das Camp brauchte diesen Druck offenbar, um Leistung und Wohlverhalten zu erzwingen.

Für mich stellte sich hier die Frage, ob eine solche Politik angemessen war für ein Camp mit einem nicht-autoritären Erziehungskonzept, wie man es uns in den ersten Tagen vorgestellt hatte.,,

Beim Durchgehen der Mitglieder meiner CC-Gruppe, zeigte sich mir ihre Auflösung, die ich als schmerzlich empfand: Die Schottin Josy hatte eine Gruppe Sechsjähriger übernommen und war damit im hinteren Teil des Camps untergebracht. Dort hatte die Kinder offenbar einen anderen Tagesablauf, so dass es nicht einmal die Möglichkeit gab, sie am medizinischen Zentrum oder am Speisesaal anzutreffen.

Daran vermochte im übrigen auch des fest installierte Telefon neben unserem Bett nichts zu ändern; denn es bot uns nicht die Möglichkeit einer Kontaktaufnahme untereinander. Es diente lediglich dem Sekretariat, mit uns in Verbindung zu treten.

Die Französin Madeleine erkrankte bereits nach einigen Tagen und wurde im Anschluss an ihren Krankenhausaufenthalt nicht mehr gesehen. Niemand wusste etwas über ihren Verbleib und ihr Ergehen. Der Libanese Fahir hatte eine Jungengruppe und war anfangs immer wohlgemut. Dann aber zog er sich immer stärker in sich zurück, wurde wohl depressiv und verschwand aus unserem Blickfeld.

Im Gegensatz zu uns fanden die amerikanischen CCs immer wieder Gelegenheit zu einem Plausch. Von uns aber nahmen sie kaum Notiz und ich bedauerte, dass wir dies Kunststück nicht fertigbrachten. Zumal doch in jenem Prospekt, der mich zu meiner Bewerbung veranlasste, von einem "lebendigen Austausch" zwischen den Nationen die Rede gewesen war. Davon hatte ich in New York ebenso wenig gespürt wie hier. Wenn ich es heute recht bedenke, wurden wir offenbar von einigen Seiten ausgebeutet in einem Job mit einer 90-Stunden-Woche: Wir waren gut fünfzehn Stunden täglich im Einsatz und hatten eine Sechs-Tage-Woche. - Mit dem einen freien Tag die Woche konnten wir dann auch nicht viel anfangen ohne Fahrzeug, fern von Geschäften und öffentlichen Verkehrsmitteln, so dass manche auch noch auf diesen Tag verzichteten.

Damals sah ich meinen Job allerdings nicht aus dieser Perspektive. Ich war froh, ihn überhaupt bekommen zu haben, in das Land meiner damaligen Träume zu reisen - nicht als Touristin, sondern integriert in den Teil der arbeitenden Bevölkerung des Landes. Das war mir auch in England und Frankreich wichtig gewesen, wo ich meine Auslandsstudien begonnen hatte.

Das Reisen und Jobben passte damals wie nichts sonst zu meinem damaligen Lebensgefühl. Jedes Frühjahr packte mich die Sehnsucht nach anderen Ländern, die gestillt werden wollte. Es drängte mich förmlich in die Welt hinaus, zu anderen Menschen in anderen Lebensverhältnissen, an denen ich teilhaben wollte. - Heute bin ich froh, dieser Sehnsucht gefolgt zu sein und sie dabei stillen zu können.

So war auch eine 90-Stunden-Woche kein Problem. Was mich unzufrieden machte waren die Umstände, in die ich ohne mein Verschulden hinein geriet. Doch waren sie auch wieder nicht schlimm genug, dass Camp zu verlassen oder ganz aufzugeben - auch wenn ich mehrfach daran mehrmals dachte. Bis heute bin ich froh, durchgehalten zu haben, da es mich am Ende doch ungemein bereichert hat.

Meine Unzufriedenheit beschränkte sich im Grunde genommen auf die ersten zwei bis drei Wochen. In dieser Zeit war ich immer wieder Verunsicherungen ausgesetzt, die sich unter anderem daraus ergab, dass sich die Camp-Leitung nicht an ihre eigenen Regeln hielt und ich die Mechanismen und Strukturen des Camps noch nicht durchschaute.

Solange ich die Verunsicherungen spürte, konnte ich ihre Ursachen noch nicht durchschauen. Als mir genau dies gelang, konnte ich locker werden und meine Entscheidungen recht souverän treffen, ohne irgendwelche Konsequenzen zu befürchten. Das ganze Ausmaß der Verunsicherungen aber habe erst voll und ganz beim Schreiben dieses Buches erfasst.

Die vom Camp geschürte Furcht vor dem Rausschmiss war für die amerikanischen CCs ebenso groß wie bei den ausländischen, wenn auch aus unterschiedlichen Gründen: Für uns AusländerInnen hatte unsere Organisation mit unserer Ankunft im Camp bereits eine Menge Geld investiert. Bei Nichtverwendbarkeit - noch nicht beim Camp-Wechsel - würde diese Summe von bezahlt werden müssen. Wir hätten dann nicht einmal die Möglichkeit durch das Land zu reisen.

Anders war es bei den AmerikanerInnen: Sie hatten sich für diesen Job entschieden, weil sie im pädagogischen oder sozialen Berufen arbeiten wollten, die offenbar sehr gefragt waren. Ohne ausgezeichnete Referenzen brauchten sie sich aber gar nicht erst zu bewerben. Sie mussten also - anders als ich - nicht nur irgendwie durchhalten, sondern auch einen sehr guten Eindruck hinterlassen. - Ein Thema, auf das ich noch ausführlicher eingehen werde.

Zunächst werde ich einige jener Erfahrungen schildern, die meine Verunsicherung auslösten. meine Skepsis

schürten und mich in manchen Fällen selbst zutiefst
erschütterten und empörten.

3. "Keep in line" - Zwischen Militär- und Sommer-Camp

Den Auftakt meiner Zweifel an der Camp-Philosophie
und -Pädagogik hatten mit Kimberley begannen, sie
setzten sich fort in einer Begegnung mit dem Camp-
Direktor, Mr. Rutler. einem freundlichen älteren Herrn,
der gern zu lachen schien. Er vermittelte mir immer das
Gefühl, mich besonders zu mögen und auch ich fand
ihn sehr sympathisch.
In seiner äußerst zuvorkommenden Art suchte er mich
täglich auf, wenn ich zur Aufsicht beim Baden oder
andernorts eingeteilt war und er seine SponsorInnen
durch das Camp führte. Es waren Größen des Sports
oder Films, die zumeist selbst an Diabetes litten und
das Camp finanziell unterstützten.
Ihretwegen wurde besonders auf Sauberkeit und
Ordnung im Camp geachtet. Es durfte kein Stück
Papier oder sonstiger Müll auf dem Rasen liegen. Auch
die Hütten mussten immer tip top sein: die Betten glatt
gestrichen und leer, die Schränke ordentlich,
Duschräume und Toiletten sauber und adrett gehalten
werden, damit sie jederzeit besichtigt werden konnten.
Bei diesen Rundgängen kam er regelmäßig mit seinen
Gästen zu mir, um mich ihnen vorzustellen mit den
Worten:

"And this is Chris from Germany. - How are you, Chris?"
Und genauso regelmäßig antwortete ich ihm darauf:
"Thanks, I'm fine, Mr. Rutler."
Es war schon bald wie ein Ritual, das er nur mit mir zelebrierte.
So dachte ich mir nichts dabei, als er mich nach einigen Tagen in sein Büro rufen ließ. In seinem Büro bat er mich freundlich Platz zu nehmen und erklärte mir dann vorsichtig, dass meine Gruppe bei Morgenappell unangenehm auffiel.
Das konnte ich mir nicht erklären, hatte ich doch immer dafür gesorgt, dass Albernheiten unterblieben und die Mädchen sich ruhig verhielten.
Beim Morgenappell mussten sich alle Kinder des Camps um den Fahnenstange auf einem großen Platz in einer Reihe im Quadrat aufstellen. Absolute Stille war selbstverständlich, dazu erklang aus den Lautsprecher die amerikanische Nationalhymne. Die Flagge wurde enthaltet und am Mast hochgezogen. Jeden Abend wurde sie in gleicher Weise wieder eingezogen und auf eine vorschriftsmäßig zusammengefaltet. Nie durfte sie dabei den Boden berühren.
Es war in der Tat wie beim Militär. Es wunderte mich zwar, aber es war nun einmal Ausdruck eines amerikanischen Nationalismus, der mich ein wenig amüsierte, mich aber nicht weiter störte. In amerikanischen Filmen hatte ich solche Szenen bereits des Öfteren gesehen. Sie in einem Ferienlager

33

anzutreffen, überraschte mich aber anfangs sehr. Aber ich kannte Amerika ja auch noch nicht.

Nun sollten sich meine Mädchen also bei diesem Ritual daneben benommen haben? Das konnte ich mir nicht vorstellen, war ich doch ständig dabei gewesen. Wie sollte mir das entgangen sein?

Dann formulierte Mr. Rutler seinen Vorwurf:

"Bei alle Gruppen bilden die Fußspitzen eine gerade Linie - nur nicht bei Ihrer Gruppe. Das fällt auf und wurde mir jetzt mehrfach berichtet."

Ich fiel aus allen Wolken:

"Das ist es noch nicht aufgefallen, ich habe aber auch nie darauf geachtet. Wusste nicht einmal, dass ich darauf hätte achten müssen. Warum hat mir das niemand gesagt?"

Ich konnte nicht erkennen, wie meine Worte auf Mr. Rutler wirkten, meinte aber, ein leichtes Schmunzeln um seinen Mund zu erblicken. In versöhnlichem Ton erwiderte er:

"Nun gut, dann achten Sie bitte von nun an darauf, dass sich auch ihre Gruppe den Gepflogenheiten anpasst und in einer Linie steht."

Allein diese Vorstellung war mir jedoch dermaßen zuwider, dass ich nicht umhin konnte, völlig unreflektiert zu antworten:

"Tut mir leid, Mr. Rutler, aber das kann ich nicht. Sie müssen wissen: Ich komme aus Nazi-Deutschland. Dort war genau dies üblich. Nach dem schrecklichen Krieg aber haben amerikanischer und britischer Truppen uns, wie falsch dieses ganze System war. Aus dieser Umerziehung ist bei uns eine anti-militaristische Haltung erwachsen, auf die viele von uns stolz sind. Was Sie nun von mir verlangen, würde mich jeden Tag neu in die Nazi-Zeit erinnern und in mir Schuldgefühle erwecken, auch wenn ich diese Zeit zum Glück nur vom Hörensagen her kenne. Für Amerikaner gibt es solche Assoziationen wohl kaum. Ich aber kann mich ihnen nicht entziehen."

Da war also meine ganze Befindlichkeit aus mir hervorgebrochen, die noch unterstützt wurde durch das Intercom-System, das erst mit der Ankunft der Kinder in Aktion getreten war.

Es erschreckte mich gleich bei seinem ersten Einsatz und ließ mich das Camp eher als eine Kaserne empfinden, denn als Freizeit-Ort. Doch diese Assoziation wollte rasch wieder verabschieden. In Amerika herrschten nun einmal andere Bräuche, sagte ich mir - und vielleicht gab es ja auch in Deutschland Ferienlager mit solchen Systemen.

Zu jedem Beginn einer Aktivität erschallte der Lautsprecher, ebenso zu anderen Ansagen und Ermahnungen. Gewöhnen konnte ich mich daran nicht. So sehr ich es auch versuchte, löste es in mir regelmäßig ein Gefühl des "Big Brother..." aus. - Das "...is watching you!" sollte später auch noch hinzu kommen.

Darüber schwieg ich jedoch in dieser Situation. Hatte ich nicht schon genug gesagt - oder gar zu viel?

Zurücknehmen konnte ich meine nun nicht mehr. Und das versetzte mixh einerseits in einen leichten Schrecken Hätte ich nicht einfach den Mund halten und mit einem "Ja" antworten sollen? Andererseits machte es mich auch ein wenig stolz; denn immerhin hatte ich den Mut gehabt, ehrlich zu sein. Oder war es nur das Vertrauen, das Mr. Rutler in mir erweckte?

Leider konnte ich seine Gedanken nicht lesen. Er reagierte nämlich gar nicht und beließ es dabei. Erhob sich mit einem "Nun gut" und verabschiedete mich mit einem Handschlag - freundlich wie immer.

Ich wurde nicht recht schlau aus ihm. Immerhin war ihm das Thema doch wichtig genug, mich rufen zu lassen. Nun aber konnte er es offensichtlich ad acta legen. Oder doch nicht? Es kam jedenfalls nie mehr zur Sprache. -

Den Mädchen erklärte ich die Situation und bat sie selbst zu entscheiden, wie sie beim Appell stehen wollten. Sie entschieden sich gemeinsam zur Anpassung und es gab nie wieder eine Beschwerde Mr. Rutler aber besuchte mich auch weiterhin, stellte mich seinen Gästen freundlich vor, denen ich erklärte, dass es mir hier gefiel.

Doch das sollte nicht lange währen. Diesem Zwischenfall folgte schon bald ein zweiter, der mir signalisierte, dass es im Camp ein Spitzelsystem gab, das auf uns CCs ausgerichtet war.

4. "Here comes the spy." - Jim entlarvt

Erst allmählich begriff ich, dass Kimberley als "rechte Hand des Direktors" nun zum Staff gehörte, ohne zu wissen, was das genau besagte. Von Mr. Rutler war es mir nicht vorstellbar, dass er etwas gegen Kontakte zwischen uns CCs und Kimberley haben könnte. Während der Einweisung waren uns die Staff-Mitglieder als ehemalige CCs vorgestellt worden, die uns nun bei Problemen mit seinem Erfahrungsvorsprung zur Seite stehen sollten. - Eine Einrichtung, die mich beruhigte, dass nichts schiefgehen könne mit so viel amerikanischer Unterstützung. Immerhin verfügte ich über keinerlei Erfahrung mit amerikanischen Kindern und war auch sonst nicht vertraut mit amerikanischen Gepflogenheiten. Neben Cathrin an meiner Seite gaben mir die Staff-Mitglieder eine zusätzliche Sicherheit.
So ging ich auch weiterhin von der Zusammengehörigkeit der CCs und dem staff aus - bis diese Ansicht einen echten Schiffbruch erlitt.
Gab mir Kimberleys Verhalten das erste große Rätsel auf, so gesellte sich noch ein zweites dazu. Es erwuchs aus dem Verhalten Jims, dem zweiten Mitglied unserer Einweisungsgruppe, das sich von uns CCs unterschied. Wie Kimberley hatte auch er keine eigene Gruppe erhalten, sondern sprang immer nur stellvertretend für CCs ein, die ihren freien Tag hatten oder erkrankt waren. So sah ich ihn hin und wieder mit den Kleinen.

Als bereits nach wenigen Tagen meine Kollegin Cathrin ihren freien Tag bekam, erwartete ich Jim als Vertretung. Doch ich blieb allein. Das erstaunte mich sehr. Immerhin hatte man uns eingebläut, dass kein Kind - und schon gar nicht die Gruppe - unbeaufsichtigt bleiben dürfen. Wie aber sollte ich das unter diesen Umständen garantieren? - Zumindest hätte man mir einen CIT zur Seite stellen müssen...

>IN meinen Augen war das ein Verstoß des Camps gegen die eigenen Regeln. - Hätte ich dagegen protestieren, nicht beschweren sollen? Ich entschied mich dagegen, sah darin lieber eine Herausforderung und wollte mir selbst beweisen, dass ich es dennoch schaffen konnte. - Ein Moment der Selbstausbeutung?

An diesem Tag kam mir der Tagesplan entgegen. Die Gruppen wurden am Vormittag aufgelöst und alle Kinder gingen in verschiedenen Zonen des Baden und Schwimmen.

Wir CCs fanden uns am Rand oder auf den zahlreichen Holstegen zur Aufsicht ein. Ohne Rettungsschwimmer war ich auf dem mittleren Steg platziert mit Blick auf die Kinder im flacheren Gewässer.

Nach einigen Minuten sah ich Kimberley mit drei Fremden auf den See zusteuern. Sie schaute angestrengt über das Wasser und schien jemanden zu suchen. Als sie mich entdeckte, winkte sie mir zu und rief:

"Du hast Besuch. Nimm dir ein wenig Zeit für deine Gäste. Deine Aufsicht können die anderen mit übernehmen."

Ich war überglücklich über diesen ersten Kontakt, den sie von sich aus zu mir aufnahm. Das war natürlich Unsinn, doch es löste einfach positive Gefühle in mir aus. Sie brachte zwei Frauen und einen Mann zu mir - Abgesandte meiner Organisation, die sich nach meinem Ergehen im Camp erkundigen wollten. Als ich mich zur Seite wandte, um den Steg entlang zu gehen, sah ich weiter hinten auf einen anderen Steg Jim auf seinem Posten. Ich nahm ihn zufällig aber doch shr deutlich wahr, zumal ich ihn nie zuvor unter uns CCs gesehen hatte.

Bei meinen Gästen an Land angekommen, stellte ich mich gleich nach der Begrüßung ihren Fragen: Wie gefiel es mir im Camp? Hatte ich mich gut eingelegt? Gab es irgendwelche Schwierigkeiten? usw..

Ich antwortete so ehrlich wie möglich, ohne die mir befremdlichen Dinge zu verschweigen. Hin und wieder zögerte ich allerdings ein wenig, und fragte mich, ob es wirklich klug war über alles zu sprechen.

Bei einer solchen Pause, hörte ich auf einmal hinter mir eine Stimme für mich antworten. Als ich mich umsah, stand Jim hinter mir. Ich hatte ihn nicht kommen sehen und war erschrocken. Gleich darauf aber empörte mich seine Dreistigkeit: Wie konnte er es wagen, für mich zu antworten, wo er doch mit meiner Organisation nicht das Geringste zu tun hatte? Wie war er überhaupt hier her gekommen? Hatte ich ihn nicht gerade noch weiter draußen stehen sehen? Von dort musste er alles beobachtet haben... - Verärgert schaute ich ihm ins Gesicht und verwahrte mich dagegen:

"Wurdest du gefragt oder ich? Vielleicht darf ich für selber sprechen."

Dann wandte ich mich an meine Gäste und sagte:

"Kommen Sie, ich zeige Ihnen das Camp."

Jim schloss sich uns doch tatsächlich an, so das ich noch einmal deutlich werden musste:

"Ich möchte gern allein mit meinen Gästen reden und benötige Deine Hilfe nicht."

Damit wandten wir uns von ihm ab und er trottete zurück.

Meine Gäste waren ähnlich entsetzt wie ich über sein Verhalten. Sie versicherten mir, aus keinem anderen Camp Ähnliches gehört zu haben und fragten, ob sie mir ein anderes Camp besorgen sollten. Für einen Wechsel aber schienen mir die bisherigen Vorkommnisse noch nicht ausreichend. Vorsichtshalber notierte ich mir aber ihre Telefonnummern, um gegebenenfalls auf ihr Angebot zurück zu kommen. - Damit hatte ich eine weitere Unterstützung, die meiner Verunsicherung entgegenwirkte.

Der Besuch hatte mich richtig erfreut und erleichtert. Außerdem hatte er mir Gewissheit über die Rolle Jims verschafft. Dazu drei ZeugInnen, die seine Spitzelrolle bestätigen könnten. Auch der Gedanke, das Camp

jederzeit verlassen zu können, gab mir eine zusätzliche
Stärke und trug wesentlich zu meiner Entspannung bei.
Als ich mittags mit meiner Gruppe zum Speisesaal
hinunter ging, sah ich vor einer der Hütten eine kleine
Gruppe amerikanischer CCs stehen. Als ich mich ihnen
näherte, hörte ich eine von ihnen zu den anderen sagen:
"Here comes the spy."
Ich traute meinen Ohren nicht und sah mich um. Und
wahrhaftig: Jim war im Anmarsch, aber noch zu weit
entfernt, die Worte hören zu können. Meine Freude
über diese vier Worte war ungeheuerlich. Ich war also
nicht die Einzige, die ihm auf die Spur gekommen war.
Die Amerikanerinnen hatten es längst vor mir bemerkt.
Später sah ich noch mehrmals, wie Jim sich in
eigenartiger Weise den Grüppchen amerikanische CCs
näherte, wenn sie am medizinischen Zentrum oder am
Speisesaal warteten und sich unterhielten.
Richtig bedeutsam aber wurden diese Erfahrungen erst,
als sie durch weitere ergänzt wurden, die nicht lange
auf sich warten ließen. - Nichts ist für mich schlimmer
als die Ungewissheit. Nach dem Motto: "Gefahr
erkannt, Gefahr gebannt" - gewann ich an Sicherheit
bei meiner Tätigkeit. Ich wusste nun, wovor ich mich
zu schützen hatte und dass ich diesen Zustand jederzeit
beenden konnte.
Die gerade gemachte Erfahrung sollte zu meiner großen
Freude an diesem Tag jedoch noch einmal bestätigt
werden.

5. "That's your problem." - Mary und das Sportfest

Meine erste Gruppe bestand aus zehn weißen zwei farbigen Mädchen. Sie hießen <u>Semanta und Mary</u> und hätten gegensätzlicher kaum sein können. Semanta strahlte mit ihren zwölf Lenzen eine beachtliche Selbstsicherheit aus, die sie nicht selten an die Grenze der Frechheit führte, ohne sie allerdings mir gegenüber jemals zu überschreiten.

Mary dagegen kam mir vor wie ein Blatt im Wind, das sich richtungslos hin und her bewegte. Häufig lächelte sie, wenn ihr wohl eher zum Heulen zumute war. Sie gab Versprechen, die sie nicht einhielt und behauptete Dinge, die nicht stimmten.

Erst im Nachhinein erfuhr, dass sich Mary auf diese Weise bereits vor jenem denkwürdigen Tag in Schwierigkeiten gebracht hatte, indem sie sich von den anderen Mädchen Kleidungsstücke auslieh, die sie weder wie versprochen noch in einwandfreiem Zustand zurückgab. Die betroffenen Mädchen waren daher wütend auf sie und ignorierten fortan ihre diesbezüglichen Bitten.

Mary aber sah keinen Zusammenhang zwischen ihren Verhalten und der Abweisung, die sie von nun an erfuhr. Sie fühlte sich ungerecht behandelt - als "outcast" - und vermutete dahinter einen latenten Rassismus. Von alledem hatte ich bislang kaum etwas mitbekommen, da ich mich nicht um die Querelen der

Mädchen kümmern wollte. Sie waren alt genug, ihre Streitigkeiten selbst beizulegen.

In jenen Tagen war ich gedanklich viel zu sehr mit dem Camp beschäftigt, mit der Einhaltung der Regeln und den zuvor beschriebenen Ereignissen.

Die meisten Mädchen schickten sich an, junge Damen zu werden und waren sehr auf ihr Äußeres bedacht. Sie unterhielten sich über Nagellack und Lidschatten, Unterwäsche und T-Shirts, Kleider oder Hosen... Zu diesen Mädchen gehörte auch Mary - im Gegensatz zu Semanta, die sehr einfach gekleidet war und sich auch nicht viel aus Make-up zu machen schien.

Mary dagegen wollte immer attraktiv sein, verfügte aber zu ihrem großen Leidwesen nicht über eine entsprechende Ausstattung. Daher schaute sie immer wieder begehrlich auf die Kleidungsstücke, die die anderen voller stolz hoch hielten oder auf ihrem Bett ausbreiteten.

Offensichtlich war Mary neidisch darauf und bat des Öfteren, sich etwas ausleihen zu dürfen. Dazu waren die Mädchen hin und wieder bereit, machten aber des Öfteren die bereits beschriebene Erfahrung, So stellten sie ihre Großzügigkeit ein, was wiederum Marys Zorn hervorrief und den Mädchen einen Rassismus-Vorwurf einbrachte, der mir zu dem Zeitpunkt noch nicht einmal abwegig erschien, da mir der Hintergrund noch nicht bekannt war.

Unübersehbar wurde Marys Unbeliebtheit für mich endgültig am Tag des Sportfestes. Als sich die Gruppen

hintereinander aufstellen sollten, entschied meine Gruppe, Semanta, die für die beste Läuferin hielten, an die Spitze zu stellen und Mary ans Ende. Diese Schlusslicht-Position empfand Mary als Affront gegen sich und das umso mehr, als eines der Mädchen sie ans Ende der Schlange schickte mit den Worten:
"Mit dir können wir das Sportfest vergessen. Da haben wir sowieso keine Chance zu gewinnen."
Ich hatte diese Worte nicht recht verstanden und war höchst verwundert, als Mary plötzlich davon rannte. Zuerst glaubte ich, sie wollte etwas aus der Hütte holen. Doch dann hätte sie mir Bescheid geben beziehungsweise mich fragen müssen. Sie hatte also in krassester Form gegen die Regeln verstoßen. Daher erkundigte ich mich bei den Mädchen nach den Grund für ihr Verhalten. Sofort meldete sich Semanta zu Wort und erzählte, was vorgefallen war. Sie endete ihren Bericht indem sie hinzufügte:
"Aber es stimmt doch: Mary ist nicht gut im Laufen. Wenn sie sich wenigstens Mühe geben würde. Aber das tut sie nie. Und das ist es, was uns ärgert. Andere laufen auch nicht so gut, aber sie bemühen sich wenigsten. Mit Mary aber haben wir daher wirklich keine Chance. Da ist es wirklich gut, dass sie abgehauen ist. Ohne sie haben wir vielleicht noch eine Chance"
Und dann sie fügte sie noch etwas leiser hinzu: "Aber deshalb nimmt man sich doch nicht gleich das Leben..."

Offenbar hatte Mary genau damit gedroht. Sogleich versetzten mich diese Worte in Alarm. Wieder war ich mit meiner Gruppe allein ohne Vertretung für Cathrin, die ihren freien Tag hatte. Ich musste Mary einfangen. Sie durfte weder frei herumlaufen, noch allein in der Hütte verbringen, wo ich sie vermutete.

Die Gruppe durfte ich zwar auch nicht allein lasen, konnte es aber gut vor mir verantworten. Schließlich waren auf dem Sportplatz genügend andere CCs und alles war durchorganisiert.

Ohne lange zu überlegen rannte ich los. Wenn ich auch nicht an einen Selbstmord glaubte, so machte ich mir doch Sorgen um sie. Immerhin konnte sie irgendeine Dummheit machen, vielleicht auch einen Selbstmord vortäuschen und sich dabei möglicherweise verletzen. Ich musste sie möglichst rasch finden.

Während ich beim Laufen diesen Überlegungen nachging, kam mir zu meiner großen Freude Betty entgegen. Sie gehörte zum Staff und bedeutete für mich gerade in diesem Augenblick eine enorme Erleichterung. Wer hätte mir besser helfen können als sie?

Freudiger als sonst - persönlich mochte ich sie nicht besonders - begrüßte ich sie und schilderte ihr kurz, was geschehen war. Dann führte ich ihr mein Dilemma vor Augen, das mich in jedem Fall ins Unrecht setzte, egal was ich tat. Nun sollte sie entscheiden, ob sie liebere nach Mary sehen oder aber die Gruppe auf dem Sportplatz betreuen wolle. Sie könne wählen.

Doch nichts lag ihr offensichtlich ferner als das.

"No, that's your problem", war ihre lapidare Antwort.

Ich begriff nicht recht, wie sie sich dieser Situation entziehen konnten:

"Aber Betty, es ist doch deine Aufgabe, mir in dieser Situation zu helfen! - So hat man es uns schließlich erklärt."

Doch sie wiederholte dieselben Worte noch einmal.

Fassungslos senkte ich den Kopf. Tränen der Wut traten in meine Augen - Wut auch über dieses Maß an Gleichgültigkeit mir un den Kindern gegenüber.

Zugleich erfasste mich Panik. Denn nun war ich wirklich auf mich gestellt. Die Sicherheit, die mir die Anwesenheit des Staff bislang vermittelt, war mit einem einzigen Satz ausgelöscht.

Nun ging es nicht nur um Mary, sondern auch um mich und die Frage: In welches unmenschliche und verlogene System war ich hier hineingeraten? Wie war es möglich, mit so etwas umzugehen? Gab es für mich nun gar keine Hilfe mehr und ich war völlig allein auf mich gestellt. Konnte ich noch irgendeiner Zusage des Camps vertrauen? War ich die Einzige, die so etwas erlebte?

Bei all diesen Überlegungen verlor "das Problem Mary" ein wenig an Bedeutung. Eine innere Gewissheit sagte mir, dass ich sie in der Hütte finden würde.

Überall auf dem Gelände würde sie Gefahr laufen, aufgegriffen und zum Direktor gebracht zu werden.

Das konnte sie nicht riskieren wollen. Schließlich war es streng verboten, sich von der Gruppe zu entfernen. Ob sie aber wirklich in der Lage war, so weit zu überlegen? Vor meinem inneren Auge sah ich sie aber dennoch auf ihrem Bett liegen und in ins Kissen heulen. Das wäre immerhin die beste Art, mit diesem Frust umzugehen.

So verlangsamte ich mein Tempo. Ich brauchte etwas mehr Zeit zum Nachdenken über das soeben Erlebte: Wie sollte ich nun damit umgehen? Allein protestieren? Versuchen Solidarität von anderen zu bekommen? Das wäre schon organisatorisch nicht zu bewältigen. Wir CCs waren einander fremd und viel zu vereinzelt. Noch wusste ich nicht, dass die ganze Camp-Politik genau darauf abzielte.

In der Hütte angekommen fand ich Mary wie vermutet. Sie lag auf ihrem Bett und schluchzte laut ins Kissen. Ich setzte mich zu ihr Bett aufs und strich ihr sanft über Kopf und Rücken, ohne etwas zu sagen. Als ihr Weinen allmählich abebbte erklärte ich leise, dass es die Mädchen nicht so böse gemeint hätten. Sie waren nur enttäuscht, dass sie keine Aussiecht auf einen Preis hatten und waren der Meinung, dass Marys langsame Bewegungen daran Schuld seien. Sicherlich würden sie sich später bei ihr entschuldigen.

Kaum ausgesprochen, schämte ich mich für diesen "billiger Trost" doch mir wollte beim besten Willen nichts Besseres einfallen. Schließlich kennen wir alle ein solches Unvermögen, die richtigen Worte zu finden.

Mit dieser Erkenntnis stellte sich bei mir ein tiefes Mitgefühl für die ganze Lage Marys ein. Mein ganzer Ärger war verschwunden. Stattdessen eröffnete sich mir das ganze Elend eines schwarzen Mädchen aus ärmlichen Verhältnissen: Auch in der Schule würde sie gemobbt und litt sehr darunter. Ihre Eltern hatten keine Zeit, sich um sie zu kümmern. Sie waren beide berufstätig und konnten sich kaum um sie kümmern. Geschwister hatte sie keine und ihre Großeltern lebten weit entfernt.

Eine ähnliche Situation des Unversorgtseins hatte ich in meiner Kindheit völlig anders erlebt: Ich war damals froh über die Abwesenheit meiner Eltern, hatte ich dadurch eine Maß an Freiheit, das ich als beglückend empfand. Allerdings hatte ich einen älteren Bruder in dessen Freundeskreis ich relativ gut integriert war. - Doch davon mochte ich Mary nicht erzählen...

Stattdessen ließ ich sie weiter über ihre Familie, ihr Erleben der Umwelt und ihre Enttäuschungen reden. Das schien ihr gut zu tun. Sie trocknete ihre Tränen und sah mich nun wieder lächelnd an. Ich brauchte gar nichts zu sagen. Das Erzählen tat ihr gut. Vielleicht war es das, was sie auch zu Hause immer wieder vermisste. Sie würde aus der Schule kommen und mit niemandem über ihre Erfahrungen dort reden zu können. Wie konnte sie da nur das Gemobbt-Werden verkraften? War es da ein Wundern, dass sie ein wenig verhaltensgestört wirkte und ständig den Rassismus-Vorwurf auf den Lippen hatte. War er nicht ihre einzige

Waffe, um den Vorwürfen anderer etwas entgegenhalten zu können?

Als sie geendet hatte, begann ich erneut, ihr übers Haar zu streichen.

"Das tut gut", sagte sie nur und schloss lächelnd ihre Augen.

Wir schwiegen. Am liebsten hätte ich sie in die Arme genommen und an mich gedrückt. Ich spürte ihre Sehnsucht nach körperlicher Nähe, die im Camp noch weniger als zu Hause zu bekommen war. Doch gleichzeitig fühlte ich mich verpflichtet, eine gewisse Distanz zu halten. Eine Fehldeutung meiner pädagogischen Verantwortung? - Ich wusste es damals nicht.

So blieb ich einfach bei ihr, lächelte sie an und streichelte sie, so lange es ihr gefiel.

Nach einer Weile bat ich sie leise:

"Gib mir ein Zeichen, wenn es dir zu viel wird",

Doch sie schüttelte nur mit dem Kopf, überlegte kurz und sagte dann:

"Es wäre schön, wenn du noch eine Weile bei mir bleiben könntest."

Ihre ganze seelische Unterversorgtheit schien aus diesen Worten zu mir zu sprechen.

"Ich bleibe gern bei dir. Und wenn du magst, kannst du mir noch weiter von dir erzählen. - Ansonsten ist es auch in Ordnung zu schweigen."

"Aber ich hab doch noch kaum mit dir gesprochen", kam es zurück.

Ihre Worte beschämten mich. Im Grunde genommen hatte sie ja recht, war sie doch von mir im Wesentlichen ignoriert worden. Aber das galt nicht nur für sie. Wie aber sollte ich ihr das erklären? Es war in meiner Lage einfach nicht möglich, allen Mädchen gerecht zu werden.

So schlug ich ihr vor, sich beim nächsten Spaziergang an meine Seite zu schlagen. Dann würde ich mir Zeit nehmen für ein längeres Gespräch. Eine weitere Möglichkeit wäre eine freiwillige Abendaktivität im Pavillon für "arts & crafts", wenn ich dort Aufsicht hätte. Dort würde ich mir auch Zeit für sie nehmen können.

Sie schien ein wenig erschöpft. Doch über ihr Gesicht huschte nun ein Strahlen:

"Darauf freu ich mich schon jetzt."

Ich war erleichtert, ihr wenigstens diese beiden Gelegenheiten in aller Aufrichtigkeit in Aussicht gestellt zu haben.

Während ich ihr weiter über das Haar streichelte, wurde jäh die Tür aufgerissen. Eines der Mädchen war gestürzt und hatte sich am Beim verletzt. Dort saß jetzt ein fester Verband. Die Ärztin hatte ihr geraten, es eine Weile hoch zu lagern...

Mary schien ein wenig enttäuscht. Sie hatte gerade erst begonnen, unsere Zweisamkeit zu genießen, während ich nun meine Hand von ihrem Kopf zurückzog. Um beiden Mädchen gerecht werden zu können, schlug ich vor, ihnen Geschichten aus Deutschland vorzulesen.

Ich hatte extra ein Buch mit Kurzgeschichten in englischer Sprache mitgenommen und war froh, es nun einsetzen zu können.

Mein Vorschlag wurde angenommen und ich konnte zum ersten Mal meine Vorbereitungen in Deutschland nutzen. Um die Gruppe machte ich mir keine weiteren Gedanken mehr. Ich hatte die Verantwortung innerlich abgegeben und fühlte mich davon befreit.

In den nächsten Tagen zerbrach ich mir anhaltend den Kopf über Bettys Weigerung mir zu helfen, obwohl doch gerade darin angeblich ihre Aufgabe bestand. - Schon bald sollte sich diese Frage von selbst beantworten...

6. "You're late.." - Verspätungen

Wieder war es ein Tag, an dem ich die Gruppe allein betreute, da Cathrin ihren freien Tag hatte. Es war bereits das dritte Mal und ich gewöhnte mich allmählich daran, obwohl es eigentlich nicht in Ordnung war. Aber auch diesmal schien alles glatt zu laufen.

Für den Nachmittag stand wieder einmal Schwimmen auf dem Plan. Doch gegen Ende der Mittagspause - die Mädchen waren gerade dabei ihren Badeanzug hervorzukramen - bezog der Himmel plötzlich und kündigte Regen an. Durch den Lautsprecher erhielten wir die Nachricht, der Plan müsse geändert werden. Die

Kinder sollten sich in wetterfester Kleidung zum Wandern am gewohnten Treffpunkt einfinden.

Die Mädchen waren enttäuscht - bis auf Mary. Sie freute sich über diese Entscheidung. Sie anderen Mädchen wurden hektisch, begannen sich umzuziehen - feste Schuhe hervorzukramen, Regenzeug, probierten an, entschieden sich um und ließen sich schließlich beim Verlassen der Hütte von mir kontrollieren.

Natürlich hatte es eine Weile gedauerte, bis wir am Treffpunkt eintrafen. Für mich gab es keinen Grund, die Mädchen zur Eile anzutreiben. Es waren immerhin ihre Ferien.

Als wir ankamen, war ein Trupp bereits voraus gegangen. Wir bildeten mit einigen anderen Gruppen die Nachhut. Jetzt konnte ich mein Mary gegebenes Versprechen endlich einlösen und winkte sie an meine Seite. Sie schien darauf gewartet zu haben und lächelte zufrieden und hakte sich bei mir unter. Sie war die Einzige aus der Gruppe, die keine Freundin gefunden hatte. Das bedauerte sie zwar, machte aber dafür den Rassismus der Mädchen verantwortlich. An der Stelle konnte ich ihr nur widersprechen:

"Hätten dir die Mädchen ihre Sachen geliehen, wenn sie rassistisch gewesen wären?" fragte ich sie.

"Aber das tun sie ja gar nicht mehr", erwiderte sie trotzig.

"Aber sie haben es getan - und du hast dich als sehr undankbar erwiesen. Es tut mir wirklich leid, dir das sagen zu müssen. Aber du solltest nicht so negativ von anderen denken, wenn du selbst dich ihnen gegenüber negativ verhältst."

Sie schaute mich etwas von der Seite an als wolle sie sagen: "Auf welcher Seite stehst du eigentlich?" - Doch sie verkniff sich die Frage.

Ganz unvermittelt brach es dann aus ihr hervor: "Aber in der Schule werde ich doch auch von den Weißen gemobbt!"

"Das muss aber nichts mit deiner Hautfarbe zu tun haben. Schau dir Semanta an. Sie ist bei den anderen Mädchen beliebt und ist schwarz wie du. Kann es nicht sein, dass du die anderen ablehnst, weil sie weiß sind? - Es ist nur eine Frage, ich will es nicht behaupten."

Sie schwieg eine Weile und ich drängte nicht weiter in sie.

Nach einer Weile des Nachdenkens sagte sie etwas kleinlaut:

"Ich wollte auch immer gern weiß sein und war vielleicht neidisch."

Auf diesen Satz hatte ich nicht zu hoffen gewagt und legte meinen Arm um sie. Jetzt war sie sich selbst auf die Spur gekommen.

"Kein Mensch hatte je die Möglichkeit, seine Hautfarbe zu wählen und darf auch nicht dafür verantwortlich gemacht werden. Wir müssen lernen, damit umzugehen. Die Weißen haben das in der Vergangenheit sehr schlecht gemacht, das ist nicht zu leugnen. Aber es muss doch mal aufhören. Die Mädchen sind dazu bereit, so weit ich das beurteilen kann. Vielleicht solltest du das so stehen lassen und ihnen nicht immer Rassismus vorwerfen. Damit machst du es dir zu einfach und siehst nicht, wo du dich falsch verhalten hast. Aber ich will dir natürlich keine Standpauke halten."

Mary schien meine Worte anzunehmen. Sie drückte meinen Arm und lächelte in sich hinein. Dann aber kullerten Tränen ihre Wangen hinunter. Ich reichte ihr ein Taschentuch. - Eine Verlegenheitsgeste, wie ich heute meine.

Schweigend gingen wir nebeneinander. Doch es schien mir ein einvernehmliches Schweigen, das uns beiden gut tat.

Die Hinwendung zu Einzelnen innerhalb einer hat sehr oft die Vernachlässigung anderer zur Folge. So bekam ich nicht mit, dass Elizabeth, dass einzige Mädchen der Gruppe, das an allem etwas auszusetzen hatte, ständig schlecht gelaunt war und den Eindruck erweckte, sie könne gar nicht lachen. Mir ging sie total gegen den Strich mit ihrer unfreundlichen Miene. Auch bei den anderen Mädchen war sie äußerst unbeliebt. Bis auf Damaris, eine Puerto Ricanerin, die von ihr als einzige akzeptiert wurde. Und das obwohl sie ihr in erstaunlich strenger Form die Meinung sagte.

Die Beiden standen in einem eigenartigen Verhältnis zueinander, das ich nicht zu durchschauen vermochte. Nach meinem Eindruck hatten sie sich bereits vor dem Camp gekannt. Sicher war ich mir aber nicht. Obwohl Damaris nur einige Monate älter war, wirkte sie wie

Elizabeths Vormund. Gerade heraus sagte sie ihr, wo es lang ging. Nicht selten kritisierte sie ihr Verhalten - manchmal sogar recht heftig. Dennoch ließ sich Elisabeth alles gefallen, von anderen aber keineswegs. Das zeigte sich auch auf diesem Spaziergang, als einige Mädchen zu mir kamen und mich darauf hinwiesen, dass Elisabeth sich auf einen Stein gesetzt hatte und sich weigerte weiter zu gehen. Auf meine Frage, ob sie sich verletzt habe, zuckte sie nur mit den Schultern, drehte ihren Kopf zur Seite und setzte ihren schnippischen Blick auf. Eine Antwort erhielt ich nicht. Auch meine weiteren Erkundigungen nach ihrer Befindlichkeit und dem Grund ihrer Verweigerung blieben erfolglos. Sie sprach weder mit mir, noch mit den anderen Mädchen.

Einige von ihnen waren zu Damaris gelaufen und hatten sie zu meiner Erleichterung zurückgeholt.

"Vielleicht kannst du ja herausfinden, was ihr fehlt", begrüßte ich sie. "Irgendetwas hindert sie wohl am Gehen..."

Damaris warf einen kurzen Blick auf sie und stellte fest:

"Sie will nur nicht, ihr ist mal wieder eine Laus über die Leber gelaufen."

"Aber woher weißt du denn, dass es nichts weiter ist? Sie kann sich doch verletzt haben."

"Nun, ich kenn mich mit Elizabeth wohl besser aus als Sie. Vielleicht kümmern Sie sich lieber um die anderen Mädchen, dann übernehme ich Elisabeth."

Ihr Ton hatte etwas Scharfes, wenn nicht gar Unverschämtes, das mir sonst nur aus ihrem Umgang mit Elizabeth vertraut war. Mir gegenüber hatte ich sie immer als freundlich und höflich erlebt. Was hatte sich verändert?

Dies war definitiv der falsche Moment es herauszufinden, während die anderen Mädchen um uns herumstanden.

"Dann überlass ich Elizabeth dir, du wirst schon mit ihr klarkommen."

Damit wandte ich mich ab und ging mit Mary und einigen anderen Mädchen in Richtung Camp.

Unterwegs erfuhr ich von Semanta, dass Darmaris sich in lästerlicher Weise gegen mich geäußert hätte, weil ich Mary an meine Seite geholt hatte. Und das obwohl sie sich doch auf dem Sportplatz so unmöglich verhalten und mir Ärger bereitet hatte.

In was war ich da nur hineingeraten? Am liebsten hätte ich alle von mir abgeschüttelt und hätte meinen Weg alleine zurückgelegt. Gleichzeit schalt ich mich wegen dieses törichten Wunsches und begann mir Gedanken darüber zu machen, ob es richtig war, Damaris mit Elizabeth zurückzulassen. Vielleicht hätte ich erst sicherstellen müssen, dass Elizabeth tatsächlich weitergehen würde.

Andererseits wollte ich den Kontakt zu den anderen nicht abreißen lassen, die fast unseren Blick entschwunden waren. An dieser Stelle war der Weg nicht ausgeschildert und ich war auf die Führung der

Vorhut angewiesen. Daher ließ ich zwei Mädchen zurück, um den Kontakt zu Damaris und Elizabeth aufrechtzuerhalten.

Auch jetzt vermisste ich die zweite Kraft an meiner Seite, da auch diese Situation etwas Unverantwortliches für mich hatte. Ich konnte also nur hoffen, dass alles gut ging.

Wie ich von den beiden Mädchen später erfuhr, war es auch für Damaris schwierig gewesen, Elizabeth zum Weitergehen zu bewegen. Sie soll ihr sogar eine Ohrfeige verpasst und ihr gedroht haben, sie allein zurück zu lassen. Ich wünschte, sie hätten es mir nicht erzählt.

"Aber über Sie hat Damaris sich auch negativ geäußert..." fügten sie noch hinzu, schwiegen aber dann verlegen.

Trotz allen Schwierigkeiten schafften wir es, einigermaßen pünktlich in unsere Hütten zurückzukehren. Zu meinem großen Erstaunen war nun Elizabeth bester Laune, Damaris hingegen mürrisch und wortkarg - als hätten sie die Rollen getauscht. Das bemerkte ich allerdings nicht sofort und fragte unbekümmert:

"Wie hast du Elizabeth denn ins Camp bekommen..?" Damaris warf mit einen wütenden Blick zu und sagte schnippisch:

"Das geht Sie gar nichts an."

Es war das erste Mal, dass sie frech zu mir war - eine echte Überraschung. Was hatte sie nur auf Abstand zu mir gehen lassen? Es war doch gar nichts vorgefallen. - Und Mary konnte ich als Grund dafür nicht gelten lassen. Es machte aber keinen Sinn, einen Streit darüber vom Zaun zu brechen und so erwiderte ich lediglich:

"Es ist wohl am besten, ich lass dich in Ruhe. Bis auf weiteres werde ich dich nicht mehr ansprechen."

Dennoch kreisten meine Gedanken auch weiterhin um sie. Wie konnten sich zwei Mädchen in kürzester Zeit so komplett verändern? Oder hatten sie sich lediglich ein Spiel ausgedacht? Elizabeth war nun völlig aufgeräumt, fast fröhlich wie nie zuvor. Damaris hingegen gab sich zurückgezogen und abweisend.

Zum ersten Mal trieb ich die Mädchen an, so dass wir gerade noch rechtzeitig den Speisesaal erreichten. Vor uns waren die Letzten gerade hineingegangen, so dass wir das Schlusslicht bildeten, ohne zu spät zu sein. So war es viel angenehmer, einfach entspannter; denn bei den Ersten zu sein, bedeutete immer, bedrängt und geschoben zu werden.

Nach dem Abendessen gingen die Kinder zu ihren allabendlichen Aktivitäten nach. Für zwei Stunden waren die Gruppen aufgelöst und wir übernahmen ihre Aufsicht in den verschiedenen Aktivitäts-Zentren.

Ich hatte mich für die kunstgewerbliche Halle eingetragen, wo ich den Kindern bei ihrem kreativen Schaffen zusehen konnte. Dabei lernte ich neben meinen auch die Kinder aus anderen Altersgruppen kennen, was sonst kaum möglich war.

Es war beachtlich, was die Kinder ohne jede Anleitung oder Aufgabenstellung mit einfachen Mitteln zustande brachten. Hier stand ihnen eine Fülle an Materialen zur Verfügung, von der sie zu Hause nur träumen konnten. Einige dachten bereits an ihre Heimkehr und arbeiteten an Begrüßungs-Geschenken für Eltern und Verwandte. Sie töpferten und nähten, kneteten und malten, formten Silberschmuck und flochten Körbe. Sie arbeiteten mit anderen zusammen oder auch allein. - Alles in allem eine Zeit zum Entspannen und Genießen.

Um 21 Uhr ging es zurück in die Hütten. Während sich die Kinder auf die Nacht vorbereiteten, machte ich meinen allabendlichen Rundgang, stellte ihnen die vorgeschriebenen Fragen zum Befinden der Mädchen und trug alles auf Karteikarten ein. Mit unterschiedlicher Bereitwilligkeit gaben sie mir Auskunft auch über intimere Dinge wie eine erfolgreichen Verdauung, Postempfang und sonstige Vorkommnisse.

Mitten in einem solchen Gespräch klingelte das Telefon. Ich erschrak und rannte in meine Ecke. Es war Kimberley, die mich aufforderte, sofort ins Sekretariat zu kommen. Auf meinen Einwand, dass ich mit den Kindern allein war, reagierte sie lediglich mit einem: "Komm bitte sofort."

Diese Gleichgültigkeit machte mich wütend. Sie erinnerte mich sogleich an Betty und stellte mich mal wieder vor ein Problem: Auf meinem Bett stand Kiste mit Erdnussbutterbroten, die Abend für Abend an die

Kinder verteilt wurden, um ihren Zuckerspiegel über Nacht nicht zu sehr absinken zu lassen. Dass es die richtige Nahrung war, bezweifelte ich. allerdings. Aber das war jetzt nicht mein Problem.

Ich hatte es so eingerichtet, dass das Brot erst ausgegeben wurde, wenn die Mädchen fix und fertig im Nachtzeug auf dem Bett saßen. Dann brauchten sie hinterher nur noch kurz die Zähne zu putzen. Teilte ich die Brote früher aus, dauerte es endlos lange, bis sie sich fertig machten und meine Dienstzeit würde 22 Uhr um einiges überschreiten.

Würde ich aber jetzt die Hütte verlassen, so bräche mein Plan zusammen und ich hätte Mühe, die Kinder bei meiner Rückkehr ins Bett zu bekommen. - Ich war ratlos.

Doch dann fiel mein Blick auf Damaris. Sie saß ersten Bett - fix und fertig auf die Brote wartend. Ich hatte sie die ganze Zeit ignoriert. Ohne lange zu überlegen und mich meiner Worte zu erinnern, sie an diesem Tag nicht mehr anzusprechen, stellte ich ihr die Kiste aufs Bett und sagte:

"Ich muss kurz weg. Teil bitte die Brote aus - aber nur an die, die fertig sind."

"Schon klar, mach ich."

Für diese Worte war ich ihr unendlich dankbar. Kein Herumzicken, kein Triumph auf ihrem Gesicht - davor mochte ich sie. Neben Semanta war sie die Einzige, die genügend Autorität für diese Aufgabe besaß. Doch Semanta war noch nicht fertig.

So hatte trotz allem, was vorgefallen war, keine andere Wahl. Ich musste ihr einfach vertrauen und spürte, dass es richtig war.

Auf dem Weg zum Sekretariat fragte ich mich besorgt, was wohl so dringend sein konnte, das nicht eine halbe Stunde bis zum Feierabend hätte warten können. Warum wurde ich wieder einmal in die Situation gebracht, meine Gruppe alleine lassen zu müssen? Wollte man mich etwa testen? Hätte ich mich weigern sollen? Oder war wirklich etwas Schlimmes in Deutschland geschehen? - Doch auch das hätte warten können. Es machte alles keinen Sinn.

Dennoch befürchtete ich das Schlimmste: Ein Todesfall in meiner Familie? Ein Unfall? Musste ich sofort nach Deutschland zurückkehren? Mir graute. Ich war auf alles gefasst

Als ich im Verwaltungsgebäude ankam, war Kimberley nicht mehr im Sekretariat. Stattdessen empfing mich John, der stellvertretende CampDirektor. Mit ihm hatte ich noch nie etwas zu tun gehabt. Er tat immer sehr kumpelhaft und war wesentlich jünger als Mr. Rutler. Dafür aber auch um einiges stämmiger. Er wirkte ein wenig ungepflegt und empfing mich mit einem eigenartigen Grinsen:

"Hi, Chris, how are you tonight?"

"Thanks, I'm fine."

Nach diesem Austausch von Floskeln begann er auch schon mit seiner Anliegen in Form einer Abmahnung:

"Sie sind heute Nachmittag zu spät gekommen. Klappt es bei Ihnen nicht mit der Pünktlichkeit?"

Die Frage ärgerte mich. Worum ging es überhaupt? Ich war mir keiner Verspätung bewusst.

"Tut mir leid, Ich weiß nicht, wovon Sie sprechen."

"Nun, zum Wandern sind Sie fast eine Viertelstunde zu spät gekommen."

"Aber das war doch nicht meine Schuld!" empörte ich mich. "Das hing doch mit dem Wetterumschwung zusammen und der Planänderung. Die Kinder waren bereits im Badeanzug und brauchten halt ihre Zeit für den Wechsel zu regenfester Kleidung. Dafür können Sie doch mich nicht verantwortlich machen."

Das überhebliche Grinsen auf seinem Gesicht verstärkte meine Wut, verwirrte mich aber zugleich. Ich dachte an einen Scherz, um meine Reaktion testen. Oder wollte man mich nur verunsichern? Sollte ich fürchten, aus dem Camp zu fliegen?

Was er mir da vorhielt, kam mir so läppisch vor, dass ich nicht glauben konnte, deswegen ins Büro gerufen worden zu sein.

Er gefiel sich in seiner Rolle und machte auf mich einen leicht sadistischen Eindruck. Offenbar wollte er mich als Opfer stilisieren. Doch das wollte ich mir auf keinen Fall bieten lassen und beharrte darauf, dass es wohl kaum gegen die Regeln war, wenn ich die Kinder in diesem Durcheinander nicht auch noch unter Zeitdruck setzte.

Ohne sich auf meine Argumentation einzulassen, zog er einen weiteren Trumpf aus der Tasche, indem er sagte: "Heute war es ja schließlich nicht das erste Mal... ."
Wieder dies sadistische Grinsen. Ich fiel ihm sofort ins Wort:
"Was sollen Sie damit sagen? In Sachen Pünktlichkeit habe ich mir nie etwas zu Schulden kommen lassen!"
"Das sehe ich anders...", erwiderte er und verwies mit triumphierender Miene auf ein großes Buch, das vor ihm lag. Es enthielt Eintragungen über unser Empfang von Sportgeräten und deren Rückgabe eine Stunde später, gemacht von Staff-Angehörigen, die an den jeweiligen Aktionszentren standen, um uns die Geräte auszuhändigen - meist Tennis- oder andere Bälle.
Dass in diesen aber auch die genauen Zeiten standen, zu denen wir gekommen und wieder gegangen waren, hatte ich nicht mitbekommen.
Fast genüsslich eröffnete mir John nun mein Verspätungsregister:
"Dienstag beim Tennis 7 Minuten Verspätung, beim Tischtennis 4 Minuten, auf dem Sportplatz 5 Minuten... - Soll ich weitermachen?"
Verständnislos blickte ich ihn an. Hatte man wirklich die Minuten von Ankunft und Weggang eingetragen und nicht nur die volle Stunde? Auf die Idee war ich nie gekommen. Jetzt verschlug es mir nun die Sprache und John konnte sich an meinem perplexen Schweigen sonnen. Er fuhr fort, Daten Minutenangaben vorzulesen und kam sich dabei keineswegs lächerlich vor.

Was hier als "Verspätungen" erschien, waren jene
Minuten, die ich mit den Kindern für den Weg von der
Hütte zum jeweiligen Sportplatz gebraucht hatte.
Daraus eine "Verspätung" zu machen, erschien mir
übertrieben, wenn nicht gar lächerlich. Hätte man mich
nicht sofort auf meine ersten "Verspätungen" hinweisen
können? Warum hatte man so lange gewartet? - Das
wollte ich wissen und fragte verärgert:
"Warum haben Sie mir das nicht gleich zu Beginn
gesagt? Dann hätte ich 'die Verspätung' doch abstellen
können. Ich habe den Kindern halt ihre Zeit gelassen
und wusste nicht, dass ich sie hätte antreiben müssen.
Offenbar haben wir unterschiedliche Vorstellungen von
Pünktlichkeit. Meine bezieht sich auf ei Sommer-, Ihre
offensichtlich auf ein Militär- Camp. Für mich
bedeuteten die Zeitangaben eine Art Zeitraum, in dem
es nicht auf ein paar Minuten ankäme."
"Aber wenn Sie doch zur vollen Stunde an Ihrem Platz
zu sein hatten, können Sie Bälle und Schläger doch
nicht erst um zehn Uhr sieben abholen - und dann auch
noch behaupten, das sei keine Verspätung."
Er war nicht bereit, meiner Argumentation zu folgen.
Daher erläuterte ich sie ihm noch einmal:
"Aber die Mädchen sind weder Roboter noch Soldaten.
Bei ihnen kommt halt hin und wieder etwas
dazwischen. Es geht doch hier nicht um Leistungssport,
sondern um eine Freizeitbeschäftigung, die auch Spaß
machen soll. Was sie Verspätung nennen, ist auch Teil
ihrer Freizeit, mit der die Mädchen wenigstens in

Bruchteilen auf ihre Weise umgehen möchten. Müssen sie wirklich jeden Morgen punktgenau auf der Matte stehen?

Bei unserer Einweisung hieß es doch, wir sollten sie zu nichts drängeln oder gar zwingen, sondern sie behutsam an die Aktivitäten heranführen. Wie soll das funktionieren, ohne dabei ein paar Minuten zu investieren? - Für Sie scheint die Geräte-Ausgabe eine Art Stechuhr zu sein - aber auch die verzeiht ein paar Minuten im Gegensatz zu Ihnen."

Ich hatte mich richtig in Rage geredet, denn je länger ich über diese Situation nachdachte, desto ungeheuerlicher kamen mir die ganzen Szenarien der letzten Tage vor. Nun begriff ich endgültig, dass die Anwesenheit der Staff-Mitglieder an den verschiedenen Orten keineswegs unserer Unterstützung diente, sondern einzig und allein der Kontrolle.

Zumindest John, Betty und Jim schienen sich daran zu beteiligen. Jim war für das Aushorchen der CCs zuständig, Betty und John für die Kontrolle unserer "where abouts" - unserer jeweiligen Aufenthalte. Dabei war mir allerdings noch nicht ganz klar, wie dies insgesamt funktionierte. Ob es ein System im System war oder von Mr. Rutler angeordnet, was ich mir immer noch nicht vorstellen konnte.

John unterbrach meine Überlegungen und fragte mich mit seinem hämischen Grinsen:

"Sie können mir ruhig sagen, wenn Sie mit dem Zeitplan nicht klarkommen. Vielleicht möchten Sie ja das Camp wechseln?"

War das etwa eine Drohung, mich zu entlassen? Oder wollte er mich nur loswerden? Beides war nicht in meinem Sinn. Im Übrigen entschied immer noch ich für mich und nicht er. Gerade jetzt, wo ich dabei war, die ganzen Strukturen und Mechanismen zu durchschauen, sah ich keinen Anlass, in einem anderen Camp noch einmal von vorne anzufangen.

Meinen Rauswurf gönnte Ich ihm nicht, dazu hatte er keine Handhabe. Nach wie vor war ich davon überzeugt, dass ich mir nichts hatte zu Schulden kommen lassen. Mr. Rautler und meine Organisation würden mich schützen...

Und so entschied ich, seine Drohung zu überhören und eine Frage ganz sachlich zu verstehen. So erwiderte ich:

"Nein, ich habe nicht die Absicht, das Camp zu verlassen. Der Zeitplan macht mir keine Probleme, nur dass man mich auf die Mini-Verspätungen nicht sofort an Ort und Stelle hingewiesen hat, empfinde ich als problematisch. Warum spielen sie nicht mit offenen Karten? Ich war in der Tat der Meinung, es wäre durchaus im Sinne des Camps, wenn ich dem Rhythmus der Kinder ein wenig Raum lasse. Diesen Eindruck haben jedenfalls die Einweisungstage in mir erweckt. Nun aber haben Sie mir vor Augen geführt, dass es hier unerwünscht ist. - Sie hätten es mir ein wenig früher vermitteln können, oder?"

Damit hatte ich ihm den Schwarzen Peter zurückgeschoben. Doch gedachte ich auch gleich der anderen Schwarzen Peter, die ich im Hinblick auf diese plumpe Inszenierung nicht einfach hinnehmen wollte. Daher ließ ich ihn gar nicht erst zu Wort kommen und fuhr fort:

"Wenn Sie meinen, dass ich mit meinen Verspätungen gegen die Regeln des Camps verstoßen habe, sollten wir noch etwas klären: Es ist uns strengstens untersagt worden, unsere Gruppe wie auch einzelne Kinder unbeaufsichtigt zu lassen. - Wie konnte ich dann aber jetzt hierher zitiert werden, obwohl ich dafür meine Gruppe allein lassen musste?

Darin sehe ich eine wesentlich schwerwiegendere Verletzung der Regeln verglichen mit dem, was Sie mir vorwerfen; denn Sie haben mich heute geradezu gezwungen, meine Aufsichtspflicht zu verletzen. Das wäre eine halbe Stunde später gar nicht nötig gewesen. Es war übrigens schon das zweite Mal, dass ich keine Vertretung hatte und mit der Gruppe allein gelassen wurde. Und dann hat mir Betty beim Sportfest auch noch die Hilfe verweigert, als ich sie dringend benötigte. Vielleicht hat sie Ihnen ja davon berichtet. - Sonst kann ich das gern noch einmal nachholen. Nun muss ich nämlich schnellstens zu meiner Gruppe zurück. Die ist jetzt wirklich wichtiger."

Auf eine solche Reaktion war John in keiner Weise
vorbereitet. Er schien auf einmal völlig überfordert.
Sein dicker Kopf war rot angelaufen. Er atmete tief,
nahm einen Anlauf, schnappte nach Luft- doch es kam
nichts. Ohne auf meine Beschwerde einzugehen sagte
er fast kleinlaut:
"Das war eigentlich alles, was ich Ihnen sagen wollte.
Sie können jetzt gehen."
Damit hatte ich nun wieder nicht gerechnet. Er konnte
doch nicht alles schweigend hinnehmen... Offenbar
konnte er doch. Vielleicht war das einzige, was ihm
möglich war....
"Nun gut, dann wünsch ich Ihnen noch einen
angenehmen Abend..."
Damit verließ ich sein Büro. - Im Nebenraum, der zum
Ausgang führte, lief nun ein Fernseher, vor dem Jim,
Kimberley und einige andere Personen saßen, die ich
für CCs hielt.
Wieder draußen war ich hoch erfreut über meine
Entdeckung. Der Fernseher bot mir eine Möglichkeit,
die Abende etwas unterhaltsamer zu verbringen.
Bislang kannte ich nur die Alternative, um 22 Uhr ins
Bett gehen oder aber draußen im Dunkeln noch einen
Spaziergang zu machen. Das war aber mehr ein
Herumzuirren im Dunkeln, sobald man das Camps
verlassen hatte. Dorthin reichten die Scheinwerfer des
Camps nicht und es war schwarze Nacht auf
unwegsamem Gelände.

AmerikanerInnen mit Fahrzeug hatten es da besser. Sie konnten einige Meilen zum nächsten Saloon oder Pizza-Hut fahren... Es geschah nur einmal in den zwei Monaten, dass sie auch mich dazu mitnahmen. Wir waren einfach zu viele ohne Auto.

Vielleicht hatte sich der Besuch bei John am Ende doch noch gelohnt, nachdem ich dadurch eine Möglichkeit gefunden hatte, meine Abende nicht nur im Bett oder in der kalten Nacht außerhalb des Camps zu verbringen. So freute ich mich schon auf die nächsten und hoffte, dann dort nicht unbedingt Kimberley und John anzutreffen...

Mit diesen Gedanken im Kopf kehrte ich zu meiner Gruppe zurück. Sie führten mir deutlich vor Augen, dass es nicht länger meine Aufgabe sein konnte, mich mit der Camp-Leitung gegen die Kinder zu solidarisieren. In Zukunft wollte ich nur noch für sie Partei ergreifen und den Mädchen den Aufenthalt im Camp so angenehm wie möglich machen mit allem, was ich dazu beitragen könnte.

Als ich in die Hütte trat, saßen die Mädchen friedlich auf ihren Betten, aßen ihr Brot und unterhielten sich dabei. Ich war erleichtert.

Fragend richtete ich meinen Blick auf Damaris: "Hat alles geklappt?"

"Na, klar. alles in Ordnung."

Lächelnd reichte sie mir die leere Sandwich-Box zurück. Dann schaute sie mich mit sanften Augen an und sagte mit ebenso sanfter Stimme:

"Thank you for trusting me." (Danke, dass Sie mir vertraut haben..."
Diese wenigen Worte berührten mich so sehr, dass ich sie nie wieder vergaß. Sie prägten sich meiner Seele ein und verankerten so Damaris unauslöschlich in meinem Gedächtnis. Sie gehört heute zu meinen schönsten Erinnerungen, wenn ich an das Camp zurückdenke.
Im weiteren Verlauf unserer gemeinsamen Zeit war es, als hätte diese Begebenheit ein festes Band zwischen uns geknüpft, das ich in vielen kleinen Situationen spürte, wenn mich Damaris in unauffälliger Weise unterstützte. Dieses Band hielt nicht nur bis zum Abschied. Es blieb Jahrzehnte erhalten und wurde neu belebt beim Schreiben dieses Buches.

7. "Get out of here!" - Kein Ort - nirgends

Eine weitere Lektion hinsichtlich der gegen uns arbeitenden Camp-Strukturen erhielt ich an jenem Abend, als ich nach 22 Uhr den zuvor entdeckten Fernsehraum aufsuchte.
Den ganzen Abend hatte ich mich darauf gefreut. Endlich würde ich etwas über das aktuelle Geschehen in der Welt erfahren. Immerhin war ich seit meiner Ankunft im Camp ohne Radio und Fernsehen gewesen und hatte auch keine Tageszeitung zu Gesicht bekommen.
Vom amerikanischen TV-Programm hatte ich bereits einiges gehört und würde mir endlich ein eigenes Bild

machen können. In besagtem Raum des Verwaltungsgebäudes fand ich zu meinem Erstaunen niemanden, obwohl der Fernseher lief.

Ich setzte mich in einen der bequemen Sessel und begann mich gerade wohlzufühlen, als Kimberley den Raum betrat. Sie war sichtlich erstaunt mich hier anzutreffen und fragte:

"Was machst du denn hier? Dieser Raum ist nicht für Camp-Counselors. Du musst ihn verlassen."

Und als ich keine Anstalten machte, fügte sie in strengem Ton hinzu:

"Also geh jetzt bitte." "Aber wieso denn. irgendwo müssen wir uns doch aufhalten können. Für wen ist denn dieser bestimmt? Er war doch die ganze Zeit leer."

"Das geht dich gar nichts an. Für CCs ist er jedenfalls nicht."

Ich ärgerte mich nicht nur über den Inhalt ihrer Worte, sondern auch über Kimberleys abweisendem Ton. Sie hatte keinerlei Verständnis für unsere Lage. Durfte sie wirklich nicht anders reagieren oder wollte sie es gar nicht?

"Es gehört nicht zu meinen Aufgaben, euch einen Raum zu beschaffen. Dieser jedenfalls ist nicht für euch bestimmt."

Natürlich war auch sie nur ein Rädchen im Getriebe. Doch das Maß ihrer Entsolidarisierung mit uns, war für mich einfach unerträglich und erschreckend. Ich konnte es nicht nachvollziehen. Doch wurde mir nun endgültig klar, dass es sinnlos war, sie auf unsere Seite zu ziehen. Stattdessen galt es einen Schlussstrich unter das Kapitel "Kimberley" zu ziehen.

Was blieb mir also anderes übrig, als den gerade erst entdeckten Raum wieder zu verlassen.

Als ich wieder an der frischen Luft war, lief mir Josy über den Weg, die ich lange nicht gesehen hatte. Da auch sie Kimberley von unserer Gruppe her kannte, erzählte ich ihr was gerade vorgefallen war.

"Das wundert mich gar nicht," erwiderte sie. "Weißt du nicht, dass letzte Woche erst die Jungs aus dem Speisesaal geflogen sind? Sie hatten sich dort am Abend zusammengesetzt, um sich zu unterhalten. Es ist ja hier absolut tote Hose. Ohne Auto bist du aufgeschmissen und die Amis willst du ja auch nicht immer betteln, dass sie dich mitnehmen."

Also hatte Josy das gleiche Problem wie ich. - Und nicht nur sie.

"Dann ist es von der Camp-Leitung also gar nicht erwünscht, dass wir abends noch zusammensitzen? Es gibt hier keinen einzigen Raum für uns?"

"Wo denkst du hin? Soll ich dir mal sagen, welche Gründe John für den Rausschmiss der Jungs vorige Woche angeführt hat?"

"Aber klar doch. Ich habe bislang noch nichts davon gehört und bin gerade dabei, mir einen Reim auf das Camp und seine Leitung zu machen. Das ist kein leichtes Unterfangen."

"Also gut. - Nach den ersten Tagen hier im Camp haben sich einige der Jungs nach Feierabend in einer Ecke des Speisesaals zusammen gesetzt. Sie wollten sich über ihre Erfahrungen auszutauschen und ein bisschen blödeln. Du weißt ja, wie sie sind.. Leider wusste auch ich nichts von dem Treffen. Wäre gern dabei gewesen und habe auch erst am nächsten Tag davon erfahren.

Nach knapp einer Stunde ist dann John plötzlich aufgetaucht und hat alle aus dem Saal verwiesen. Als die Jungs nicht gehen wollten und eine Begründung für den Rauswurf verlangten, muss John etwas von "unhygienisch", und "zu nahe an den Lebensmitteln" gemurmelt haben. Jedenfalls bewiesen ihm die Jungs, dass da etwas nicht stimmte und verwahrten sich dagegen, dass sie "unhygienisch" seien. Schließlich hielten sich tagtäglich Hunderte von Kindern dort auf, ohne dass der Saal hinterher desinfiziert würde. Auch Lebensmittel lagen dort nicht herum. Sie war in der Küche in riesige Kühlschränke eingeschlossen.

'Was redest du da für einen Schwachsinn?', hatte ihn einer der Jungs gefragt, woraufhin John wütend geworden sei und sie angeschrien hätte, es sei auch wegen des überhöhten Stromverbrauchs. Schließlich säßen sie ja nicht im Dunkeln. - Dabei hatten sie lediglich einen der Strahler eingeschaltet.

Daraufhin sagte einer der Jungs zu John: 'Nun hast du also den Schwach sinn durch den Geiz ersetzt. Ich frag mich, was besser ist...'

Alle Jungs lachten und John schäumte vor Wut. Er wollte auf ihn losgehen. Bevor es zu einer Schlägerei kommen würde, verließen sie lieber von sich aus den Saal.

Ob das Ganze für die Betroffenen noch ein Nachspiel hatte, weiß ich nicht. Man erfährt ja hier kaum etwas."

"Na, ich habe ja nicht mal das erfahren. Es ist so schade, dass wir untereinander kaum Kontakt haben. Ob der von der Camp-Leitung absichtlich unterbunden wird? - In dem Fall wäre es vielleicht gar nicht der Geiz, der viele nachts aus dem Camp treibt? Dann ist es die Angst der Camp-Leitung, wir könnten uns gegen sie verbünden?"

"Ich denke, beides wär möglich. Die haben wohl wirklich Angst vor Protesten. Vielleicht sollten wir mal streiken."

"Meinst du das ernst?"

Sie überlegte: "Ich glaube schon..."

Da es ein wenig zögerlich kam, war ich nicht wirklich überzeugt davon.

Gern hätte ich Josy auch noch von meinen Erfahrungen berichtet, doch es wurde empfindlich kalt und ich begann zu frieren.

Erst jetzt wurde mir klar, was man uns damit antat, uns keinen Treffpunkt zu Verfügung zu stellen. Das konnte kein Zufall sein. Sie wollten uns nicht im Camp - außer zur Arbeit.

"Sollen wir uns für morgen Abend verabreden?", fragte ich Josy.

"Da hab ich schon eine Einladung. Einige der Jungs haben ein Auto organisiert und wollen in den nächsten Ort fahren. Soll ich mal fragen, ob sie noch einen Platz für dich im Wagen haben?"

"Ja, gern, wenn es dir nichts ausmacht?"

"Ich will's versuchen und sag dir dann beim Essen Bescheid."

Damit trennten wir uns.

Im Bett wollten sich meine Gedanken nicht beruhigen. Was trieb John nur zu einer solchen Haltung? Die Jungs hatten sich doch völlig ruhig verhalten, nicht gekifft und nicht gesoffen. Sich lediglich ausgetauscht, wahrscheinlich ein paar Witze gerissen, gelacht und gelästert - sich einfach entspannt.

Konnte es wirklich sein, dass hinter alledem Mr. Rutler steckte, dass wir ihm nicht mal ein paar Cents für den Strom wert waren? Oder war das alles nur John und er wusste gar nichts davon? Welche Rolle spielte er überhaupt. Schließlich war er doch der Hauptverantwortliche und nicht John.

Dennoch war es mir nicht möglich, Mr. Rutler als eigentlichen Drahtzieher hinter dem ganzen Geschehen auszumachen. Es passte so gar nicht in das Bild, das ich von ihm hatte. Schade, dass ich Josy nicht mehr nach ihrer Meinung fragen konnte. - Überhaupt hatten wir gar nicht von uns gesprochen, nur von den Jungs.

Am Ende dieses Abends begann ich, hier im Camp einen Hauch von George Orwells "1984" zu verspüren...

8. "No sugar!" - Druck der Zensur statt Zucker für den Tee

Die Frage nach der Rolle Mr. Rutlers begann sich allmählich für mich zu klären.

Jeden Montag fand um 22 Uhr eine offizielle CC-Versammlung im Speisesaal statt. Besonders in Erinnerung geblieben ist mir die erste, bei der sich die jungen Amerikaner beschwerten, dass sie für ihren Tee lediglich Süßstoff erhielten, der ihnen den Geschmack verdarb. Sie forderten daher für den nächsten Morgen Zucker, was Mr. Rutler ihnen mit freundlicher Miene zusagte.

Er hatte zwar versucht, ihnen den Zucker auszureden, da er ihn im Interesse der Kinder ganz aus dem Camp verbannt hatte, damit er auf keinen Fall ihre Hände gelangen konnte. Doch sei er gern bereit, dem Wunsch der CCs nachzukommen und werde Zucker besorgen lassen. Das würde jedoch kaum gleich zum nächsten Frühstück gelingen.

Die CCs betonten noch einmal, dass sie keine Diabetiker waren und daher auf keinen Fall auf ihren Zucker verzichten wollten, versprachen aber gleichwohl, ihn von den Kindern fernzuhalten.

Am nächsten Morgen war alles wie bisher. Die ausgesandten CITs kamen aus der Küche zurück mit der Nachricht: Es dürfe kein Zucker ausgegeben werden. Wohlgemerkt; Es hieß nicht, es ist kein Zucker vorhanden. Die jungen Männer schäumten vor Wut und fühlten sich hintergangen und verlangten nach dem Frühstück, Mr. Rutler zu sprechen. Doch der ließ ihnen ausrichten, diese Angelegenheit gehöre in die Versammlung am kommenden Montag. Sie mussten also eine weitere Woche ohne Zucker auskommen.

Nun begann es zu gären; denn zwischenzeitlich hatte John sie auch noch bei ihrem Abendtreffen aus dem Speisesaal geworfen. Man konnte zu Recht von einem zerrütteten Verhältnis zwischen Leitung und CCs sprechen, ohne zu übertreiben.

Als Mr. Rutler am darauf folgenden Montag die Abendversammlung betrat, brach ein Sturm der Empörung über ihn herein. Er entschuldigte sich kurz für die Zucker-Pleite, nannte dafür jedoch dermaßen fadenscheinige Gründe, dass man nur noch über ihn höhnte und sein Versprechen, am nächsten Morgen für Zucker zu sorgen, in einem Tumult unterging.

An ihm beteiligten sich auch jene CCs, denen es gar nicht um Zucker ging. Die Camp-Leitung hatte insgesamt ihre Glaubwürdigkeit verloren und das eben nicht nur wegen des Zuckers.

Als dann auch noch einige drohten, geschlossen das Camp zu verlassen, falls er nicht liefere, versteinerte sich sein Gesicht. Dieser kleine Sieg sollte sie teuer zu stehen kommen. Dass Mr. Rutler letztlich am längeren Hebel saß - nicht etwa weil er die besseren Argumente hatte oder gar im Recht war -, war einzig seiner Beurteilungsmacht geschuldet.

Was es damit auf sich hatte, erfuhr ich erst allmählich. Ihre wahren Dimensionen aber begriff ich erst voll und ganz, als ich längst wieder in Deutschland war.

Es begann mit einer Handbewegung, als wolle Mr, Rutler etwas wegwischen, als er in äußerst scharfem Ton sagte:

"Themenwechsel. Kommen wir zum nächsten Punkt. Sie nähern sich nun der zweite Hälfte Ihres Camp-Aufenthalts - zumindest jene, die sich nur für einen Monat verpflichtet haben. Doch ist es auch für die anderen von Bedeutung, Näheres über die Art der Beurteilung zu erfahren.

Da ich über meinen Aufenthalt keine Beurteilung, sondern lediglich eine Bescheinigung benötigte, folgte ich den Ausführungen nicht weiter und ließ meine Gedanken schweifen.

Da Mr. Rutler aber von nun an in jeder Versammlung seine Ausführungen wiederholte, konnte ich nicht umhin, irgendwann zu begreifen, dass es drei Kategorien von Beurteilungen gab. Am unteren Ende beginnend, war mit der ersten Kategorie kaum etwas anzufangen. Sie enthielt kein Prädikat und taugte wohl nicht mehr als meine Anwesenheitsbescheinigung, die ich am Ende beantragen würde. Auf jeden Fall wäre sie nicht geeignet, irgendeine Konkurrenz aus dem Weg zu räumen.

Das wäre mit viel Glück und schwacher Konkurrenz in der zweiten Kategorie wohl möglich. Sicher wäre jedoch in dieser Hinsicht nur die dritte Kategorie - eine ausgezeichnete Beurteilung, die Mr. Rutler selbstverständlich allen wünschte. Doch bedürfte es dazu eines einwandfreien Verhaltens mit vorbildlichem Engagement. Folglich könne bei Berücksichtigung aller Vorkommnisse im Camp selbstverständlich nicht allen CCs diese Kategorie bescheinigt werden.

Sie bliebe daher jenen vorbehalten, die in ihrer Arbeit - wie auch in ihrem sonstigen Verhalten - Vorbildliches geleistet hätten.

Mit diesen drei Kategorien hatte Mr. Rutler seinen Hebel benannt, mit dem er noch am letzten Tag Druck auf die CCs würde ausüben zu können. Damit hätte er auch die leisesten Proteste endgültig im Keime erstickt. Wie ich nämlich erfuhr, arbeiteten die meisten CCs nur für diese Beurteilung des Camps, die ihnen das Tor zu den äußerst begehrten sozialen und pädagogischen Berufen und Arbeitsstellen öffnen würde.

Hinzu kam, dass diese Referenzen den Beurteilten nicht etwa vor Verlassen des Camps ausgehändigt oder unmittelbar danach zugesandt wurden, sondern von ihrem potentiellen Arbeitgeber erst angefordert werden mussten. Die Beurteilten erfuhren daher auch später nichts über die Qualität ihrer Beurteilung. Es sei denn, ihr künftiger Arbeitgeber spielt mit offenen Karten. Das aber war nicht üblich und wurde auch von den BewerberInnen nicht eingefordert, was mir bis heute unbegreiflich ist.

Es war jedoch sinnlos, mit den AmerikanerInnen im Camp darüber zu reden. Sie nahmen es einfach hin, dass hinter ihrem Rücken Informationen über sie ausgetauscht wurden, deren Inhalt ihnen unbekannt blieb schlicht und einfach, weil sie es nicht anders kannten.

Hier liegt wahrscheinlich eine der Voraussetzungen für das reibungslose Funktionieren des flächendeckenden Spionage-Systems der NSA, das von der Bevölkerung widerspruchslos hingenommen wird.

Erst als ich wieder in Deutschland war, konnte ich in dieser Hinsicht einen kleinen Erfolg verbuchen:

Nach meinem Semesterferien wieder zurück, wurde ich an meiner Heimatuniversität von einer amerikanischen Studentin angesprochen. Sie hatte über Kommilitoninnen von meinem Amerika-Aufenthalt gehört und wollte wissen, wie es mir dort gefallen hat. Zunächst schwärmte ich von den phantastischen Erfahrungen in den Wochen nach meinem Camp-Aufenthalt, von den gastfreundlichen Menschen, die mir überall begegnet waren zwischen Chicago und Kalifornien.

Wir begannen unser Gespräch auf der Treppe zwischen zwei Veranstaltungen. Wir hatten beiden nicht allzu viel Zeit. Ich besann mich rasch auf das, was mir so befremdlich gewesen war und kam auf das leidige Zeugnis-Thema zu sprechen. Dabei kritisierte ich seine amerikanische Handhabung, stieß jedoch bei ihr auf Unverständnis. Ich spürte, dass meine Kritik sie verletzte, was mir wiederum unangenehm war. Denn das war nun wirklich nicht meine Absicht. Ich wollte ja nur herausfinden, was dieses System aufrecht erhielt.

"Die Beurteilung von Arbeitnehmern ist doch eine Angelegenheit zwischen den Arbeitgebern - das hat doch mit mir nichts zu tun."

Noch bevor ich darauf reagieren konnte, hielt sie mir ihre Kritik an Deutschland entgegen:

"Da empfinde ich es aber als wesentlich schlimmer, dass ich hier meinen Ausweis immer bei mir haben muss, da ich sonst verhaftet werden kann."

Dieser Kritik begegnete ich nun wieder verständnislos, denn von einer solchen Praxis war mir nichts bekannt. Weder war ich jemals auf der Straße von der Polizei nach meinem Ausweis gefragt worden, noch hatte ich von einer solchen Verhaftung je gehört. Wie kam sie nur darauf?

Es war ihr zu Beginn ihres Deutschland-Aufenthalts eingebläut worden und hatte auf sie eine einschüchternde Wirkung, gefolgt von einem Gefühl des Eingeschränktseins, das sie nun ständig begleitete. Es kommt ihr vor wie eine gewisse Freiheitsberaubung. Da ich mich zu dieser Kritik nicht äußern konnte, sie für mich auch gar nicht vergleichbar war mit der amerikanischen Beurteilungspraxis hinter dem Rücken der Beurteilten, kam ich noch einmal auf dies Thema zurück und fragte:

"Wie kannst du behaupten, das Zeugnis hätte mit Dir nichts zu tun? Du bist doch schließlich der einzige Gegenstand seines Inhalts, ohne dass du ihn je erfährst.

Du weißt also nie, ob er sich für dich positiv oder negativ ausgewirkt hat, ob er gerechtfertigt war oder nicht. Wenn du aufgrund dieses Inhalts den neuen Job nicht bekommst, wirst du das nie erfahren. Du erhältst lediglich eine Absage, möglicherweise sogar mehrere. - In Deutschland hast du immerhin das Recht, gegen eine negative Beurteilung zu klagen und bekommst Sie daher gar nicht erst."

Damals wusste ich noch nicht, dass auch eine negative Beurteilung in positive Begriffe verpackt werden kann. Eine Art Codierung, die inzwischen weithin bekannt ist. Dennoch erfahre ich davon und mir bleibt hier die Möglichkeit, Einspruch zu erheben oder aber das Zeugnis gar nicht vorzulegen, da ich selbst es überbringen kann - Beide Möglichkeiten sind mir bei der amerikanischen Praxis von vornherein verwehrt. Meine Argumentation verwirrte sie sichtbar, wir hatten keine Zeit, sie zu Ende zu diskutieren. Die nächste Vorlesung rief und wir verlegten die Weiterführung des Gesprächs auf die kommenden Tage oder Wochen.

Bei der nächsten Begegnung kam sie sogleich auf mich zu und sagte:

"Was du mir damals gesagt hast, konnte ich nicht vergessen. Nach reiflicher Überlegung ist mir die ganze Problematik überhaupt erst bewusst geworden. Inzwischen teile ich deine Einschätzung und kann mich nur wundern, dass ich ihr neulich widersprochen habe. Es ist erschrecken, Wie stark doch unser Bewusstsein von unserer Sozialisation geprägt wird, ohne dass wir es überhaupt merken. Im Nachhinein kann ich gar nicht mehr begreifen, dass diese Art der Zeugnisvermittlung für mich nie ein Problem war - und es für andere auch nie sein wird. Mir ist nicht eine Diskussion dieser Art bekannt. Und dabei sind wir doch so stolz auf unsere Freiheit...."

Einen solchen Wandel hatte ich mir zwar erhofft, als ich ihm aber jetzt begegnete war er für mich verblüffend. Doch so sehr ich mich darüber auch freute, musste ich doch Millionen von AmerikanerInnen denken, die in diesem System verhaftet bleiben würden

Im Camp war es ausschließlich der Camp-Direktor gewesen, der diese Thematik zur Sprache gebracht hatte - und zwar auf seine Weise, um wöchentlich den Druck auf die CCs zu erneuern, die es noch nicht einmal als Problem empfanden, am Ende ihres Aufenthalts den Inhalt ihrer Beurteilung nicht zu kennen und keine Einwände dagegen erheben zu können.

Wochenlang hing die Kategorie dieser Beurteilung wie ein Damoklesschwert über ihnen und trotzte ihnen ein hohes Maß an Wohlverhalten und Duckmäusertum ab und blockierte so ihren Widerspruchsgeist.

Wie stark dieser Druck damals auf ihnen gelastet haben muss, begriff ich erst voll und ganz beim Schreiben dieses Kapitels. Einige von ihnen hatten mir am Rande erzählt, dass sie nur für dieses Zeugnis im Camp, weil für sie so viel davon abhing. Für sie zählten gute

Referenzen mehr als gute Abschlusszeugnisse. Auch waren sie damit keine blutige AnfängerInnen mehr.

In den Montagsversammlungen schwebten ihre Ängste förmlich im Raum und erzeugten eine gedrückte Stimmung, die ich mir damals nicht erklären konnte. Die Stärke des Abhängigkeitsgefühls, die dort erzeugt wurde, erfasste ich erst viel später, zumal damals meine Langeweile alle Konturen vernebelte und selbst meine Empörung dämpfte.

Am Ende meines Camp-Aufenthalts war ich allerdings nicht gewillt, mich dem amerikanischen System zu beugen, und meine Bescheinigung an die Uni schicken zu lassen. Ich bestand darauf, sie am Ende ausgehändigt zu bekommen, was Mr. Rutler lange Zeit nicht einsehen wollte oder konnte lediglich eine Bescheinigung für meine Tätigkeit im Camp benötigte. Doch ich setzte mich durch, wenn auch nur unter dem Siegel der Verschwiegenheit. Ich durfte zu niemandem über diese Ausnahme sprechen.

erklärte ich Mr. Rutler gegen Ende meines Aufenthalts, dass er sie vor meiner Abfahrt bereithalten möge. Daraufhin erklärte er mir allerdings, dass ich sie von Deutschland aus unter Angabe meiner Hochschule bei ihm beantragen müsse und er sie dann dorthin senden würde. Es sollte bei dieser einmaligen Ausnahme bleiben.

Im Nachhinein bin ich mir sicher, dass das Camp ohne den Zeugnis-Druck in der hier beschriebenen Form gar nicht hätte funktionieren können. Möglicherweise gilt dies auch für andere Institutionen oder Betriebe in Amerika - und in abgemilderter Form sicher auch in Deutschland. Auf jeden Fall würde ein wesentlich höheres Protestpotential entstehen, das ich damals lediglich im Zusammenhang mit dem Raum-Zuckerwunsch aufflammen sah - und das im "freiesten Land der Welt".

9. "Wrong food!" - Der große Betrug

Nie hätte ich mir vorstellen können, dass meine Entdeckung des Spitzelsystems noch zu toppen wäre. Doch dann übernahm mal wieder der Zufall und spielte mir eine weitere Entdeckung zu, die genau dies beanspruchen konnte.
Diesmal war nicht ich die Entdeckerin, sondern mir enthüllte sich etwas, das ich nie hätte selbst aufdecken können.
Es war an einem meiner freien Tage, mit denen ich nicht so recht etwas anzufangen wusste. Vielleicht hätte ich mir ein Taxi in die Einöde des Camps rufen lassen und mich irgendwo hinfahren lassen können. Aber ich kannte mich hier nicht aus, wusste nicht, was in der Umgebung sehenswert gewesen wäre, da ich ja erst im letzten Augenblick erfuhr, dass ich hierher kommen würde.
Es war noch nicht die Zeit der Smartphones mit Navigationssystem, die diese Probleme leicht gelöst

hätte. Stattdessen wartete auf mich die Einöde der Camp-Umgebung, so weit mich meine Füße trugen. Wieder einmal das Camp hinter mir lassen und abschalten, vielleicht irgendwo im Gras sitzen oder liegen und träumen oder lesen. Ein wenig wandern und das war's dann auch schon. Mir kam noch nicht einmal die Idee, dass ich ja hätte schwimmen gehen können, was im Camp nicht möglich und dadurch in weite Ferne gerückt war.

Mit Wasser und Nahrung für den Tag zog ich also los und stapfte durch die Einöde des Umlands. Es war eine sengende Juli-Hitze, mit der sich sogleich die Sehnsucht nach dem Herbst einstellte.

Lange war ich noch nicht lange gegangen, als ich in einiger Entfernung vom Camp eine kleine Gruppe im Gras sitzen sah. Gerade wollte ich einen großen Bogen um sie machen, als sich eine weibliche Person zu mir umblickte und mich freundlich begrüßte. Mir war sie völlig unbekannt. Das galt auch für die beiden jungen Männer an ihrer Seite. Es waren Asiaten, die mir ebenso freundlich zulächelten.

"Du bist doch sicher aus dem Camp, oder?" wurde ich gefragt.

Ich bejahte.

"Willst du dich nicht zu uns setzen? Wir arbeiten als Köche im Camp und machen gerade ein Picknick. Magst du ein Stück gekühlte Melone?"

Damit griff Judith in die Kühlbox an ihrer Seite und reicht mir ein großes Stück in Stanniolpapier eingewickelt.

"Du siehst, wir sitzen an der Quelle."

"Ich kann nur hoffen, dass es euch dort gefällt..."

Ich nahm dankend an und ließ mich auf ihrer Decke nieder. Endlich war ich an der richtigen Adresse und konnte mich nach der Ernährung im Camp erkunden, die mir äußerst problematisch erschien.

"Vielleicht stellen wir uns dir erst einmal vor. Wir sind also das Küchenteam aus dem Camp und haben heute unseren freien Tag. Ich bin Judith und kenne dich bereits vom Sehen. Dein Tisch ist ganz vorn an der Essensausgabe, stimmt's?"

"Ja, jetzt erkenne ich euch auch. Konnte euch aber fast nur von hinten sehen. Ihr wart immer so beschäftigt."

"Wir Zwei sind Vietnamesen. ich bin Wang und er heißt Zung. Er ist etwas schüchtern. Auch wir sind Köche und sorgen für asiatische Abwechslung in der amerikanischen Küche."

Beide lachten recht hintersinnig.

"Immer machen sie sich lustig über unsere amerikanische Kochkunst, die für sie keine ist", warf Judith amüsiert ein.

"Da ich die amerikanische Küche noch nicht kenne - dies ist mein erster Besuch hier - weiß ich noch nicht, wovor mich die beiden Herren bislang noch bewahrt haben... - Gefällt euch die Arbeit hier?"

"Nun ja, wir sind stolz, nun schon das siebte Jahr hier zu sein. Das ist vor uns noch keinem anderen Team gelungen. Die haben alle nach einem Sommer wieder aufgehört."

"Das ist allerdings eine hohe Fluktuation, die kann doch wohl nicht nur an den Köchen gelegen haben, oder?"

Damit war ich auch schon bei meinem Thema und deutete an, dass für mich einiges im Camp nicht mit rechten Dingen zuging.

Die Drei schauten einander vielsagend an und grinsten.

"Das kannst du wohl sagen", meinte Judith, deren blonder Pferdeschwanz immer von einer Seite auf die andere flog, wenn sie ihren Kopf drehte.

Meine Skepsis sollte sich schon bald als effektiver Türenöffner erweisen. Die Drei zögerten zwar noch ein wenig, mit mir über das Camp zu rede, aber dafür hatte ich großes Verständnis. Schließlich kannten sie mich ja noch gar nicht. Da würde ich wohl zuerst meine Beobachtungen preisgeben müssen. Dabei riskierte ich weitaus weniger als sie es tun würden.

Ich begann mit dem Erdnussbutter-Sandwich am Abend und erläuterte ihnen meine Bedenken, die von ihnen voll bestätigt wurden.

"Na und Pfannkuchen zum Frühstück und ständig zu wenig Salat auf dem Mittagstisch zeugt ja auch nicht gerade von einer Diabetes gerechtem Kost. Ansonsten wird strengstens darauf geachtet, dass die Eltern ihren Kindern weder Gebäck noch Süßigkeiten zukommen lassen. - Alles schön und gut, aber wo bleibt da die Logik? Sind die Kohlenhydrate im Camp etwa gesünder als jene, die von den Eltern kommen?" Wieder warfen die Drei einander vielsagende Blicke zu und schauten dann lächelnd zu mir.

"Du bist die Erste, die diese Ungereimtheiten durchschaut hat. Zumindest ist in all den Jahren niemand damit an uns herangetreten. - Ich weiß allerdings auch nicht, wie wir dann reagiert haben. Immerhin überlegen wir schon seit einiger Zeit, ob es richtig ist, all diese Dinge für uns zu behalten. So schwanken wir ständig zwischen reden und schweigen.."

Mich überraschte ihre Aufrichtigkeit. Mir war sofort klar, dass sie Gefahr liefen ihren Job zu verlieren, wenn sie an falscher Stelle über Internas sprachen. So beruhigte ich sie:

"Ich kann auch versichern, dass alles, was ihr mir erzählt, auch bei mir bleiben wird. Ich bin keine politische Aktivistin. Doch habe ich eine Reihe von Beobachtungen gemacht, durch die ich dermaßen verunsichert bin, dass es mir in erster Linie um die Bestätigung geht, dass hier wirklich etwas nicht stimmt und ich es mir nicht nur einbilde. Schließlich will ich niemandem etwas anhängen, der es nicht verdient hat. Andererseits ist mein Vertrauen in die Camp-Leitung mehrfach dermaßen erschüttert worden, dass ich auch keine Perlen mehr vor die Säue werfen will. - Und mein Vertrauen ist mir nun einmal wertvoll."

Judith erhob sich und beugte sich zu mir:
"Darf ich dich umarmen? Ich spüre, dass du die Richtige bist, der wir uns anvertrauen können. Manchmal meinen wir, an dem zu ersticken, was wir hier tagtäglich erleben. Es wird uns gut tun, mit dir als Außenstehender darüber zu sprechen. Vielleicht kannst du uns ja beraten."
Wang und Zung schauten mich freundlich an und nickten bestätigend. Judith hatte also ganz in ihrem Sinne gesprochen. Und so fuhr sie fort:
"Was hier abgeht, ist glatter Betrug. Tagtäglich errechnet die DiätAssistentin für jedes der zweihundert Kinder den täglichen Kalorienbedarfs im Zusammenhang mit dem jeweiligen Menü. Sie gibt dann die benötigten Mengen an frischem Fleisch oder Fisch, Gemüse, Obst und Salat an das Sekretariat und die Küche durch. Regelmäßig stellen wir dann aber fest, dass von allem zu wenig geliefert wird. Anfangs glaubten wir, die Lieferanten seien schuld. Doch dann zeigte sich, dass im Sekretariat tatsächlich regelmäßig Kürzungen der errechneten Mengen vorgenommen werden. - Manchmal glauben wir, dass wir nur deswegen so lange hier durchhalten konnten, weil zu allem geschwiegen haben. Dann wäre es nicht unsere Leistung, sondern unsere Diskretion, die uns den Job erhalten hat, auf den wir so dringend angewiesen sind. Du siehst, wir sitzen in einer richtigen Klemme."
Was ich da hörte, verschlug mir zunächst die Sprache: Ein echtes Lügenkartell. Da warb das Camp überall für

die Diabetes gerechte Ernährung der kranken Kinder, bekamen dafür von allen Seiten Spenden - und dann betrogen sie alle. Es war ungeheuerlich.

Sofort fiel mir ein, dass wie oft ich das Küchenteam für unfähig gehalten hatte, wenn Mittags immer der Salat ausging und die Kinder enttäuscht waren, wenn die CITs mit der leeren Schüssel aus der Küche zurück kamen mit den Worten:

"Sorry, no more salad left." (Tut uns leid, es gibt keinen Salat mehr.)

"Und ich habe immer an eurer Kompetenz gezweifelt, da ihr euch offenbar nicht in der Lage wart, die Salatmenge richtig zu kalkulieren. Wie oft habe ich insgeheim gedacht: Wieso begreifen die denn nicht, dass die Kinder mehr Salat brauchen und möchten, als die ihnen zuteilen. Ganz abgesehen von den anderen Dinge, wie das Weißbrot am Abend."

"Wie gut, dass du uns nie darauf angesprochen hast. Wir hätten nicht gewusst, was wir dir hätten antworten sollen. Wir konnten uns doch nicht einfach so outen. DAbei tat es uns doch in der Seele weh, dass wir den Kindern nicht die von ihnen benötigten Mengen bereitstellen konnten. In dieser Hinsicht wurden sie also ständig unterversorgt. Auch gerät die ganze Arbeit der Diät-Assistentin zur Farce. - In wie weit sie und die Ärztin an diesem Komplott beteiligt sind, haben wir noch nicht herausgefunden."

Und dann stellte ich die mir so wichtige Frage:

"Hätte das alles an Mr. Rutler vorbei geschehen können? Ich hatte anfänglich eine so hohe Meinung von ihm, dass ich vieles einfach nicht glauben konnte und ihn vor mir selbst in Schutz nahm. Dann wälzte ich alles auf John ab und bin mir heute noch nicht ganz sicher, wer wie weit verantwortlich ist."

Nun meldete sich Wang zu Wort, um mir zu erklären: "Du musst wissen, dass frische Produkte vom Camp täglich bestellt und bezahlt werden müssen. Wogegen alles andere wie Erdnussbutter, Fertigmischungen für Püree, und Pfannkuchen, Mehl, Süßstoff usw. aus Armeebeständen kommen, die entweder gratis oder stark verbilligt geliefert werden. Dadurch entsteht ein umgekehrtes Verhältnis: Was für die Kinder unbedingt nötig ist, wird dadurch knapp. Was ihnen dagegen schadet, ist reichlich vorhanden. - Eine verkehrte Welt... Allein das Erdnussbutterbrot vor dem Schlafengehen ist ein Skandal. Es treibt den Insulin-Bedarf in die Höhe, der doch hier gesenkt werden soll."

Damit sprach er mir aus der Seele: Wie oft hatte ich mir den Kopf darüber zerbrochen, wie diese dicken Weißbrotschnitten zu einer Diabetes-Diät passten. Und immer blieb es an der Küche hängen... Woanders hätte ich die Verantwortung dafür nicht suchen können. - Nun kann ich dafür nicht genügend Abbitte tun. Schon allein deshalb bin ich euch dankbar, dass ihr euer Schweigen gebrochen habt. Nun kann ich euch wenigstens rehabilitieren und muss nicht fortfahren, euch zu beschuldigen."

Dann berichtete ich ihnen von meinen Erfahrungen mit Kimberley, Betty, John und Mr. Rutler und spürte, wie gut es tat, endlich darüber reden zu können ohne Gefahr zu laufen, dass es in böser Absicht hinterbracht wurde.

Rückblickend war dies mein schönster freier Tag in jenen zwei Monaten, abgesehen von jenem zwischen den beiden Gruppen, als wir in einer Clique mit mehreren Autos zu den Niagara-Fällen im Norden fuhren und dort einen halben Tag verbrachten.

Leider traf ich die Drei nie wieder und hatte auch keine weitere Gelegenheit mit ihnen zu sprechen. Auch vor meinem endgültigen Abschied waren sie für mich unauffindbar und ich erfuhr nichts über ihren Verbleib. Doch dämmerte mir nach diesem Gespräch, wie begründet jeder meiner skeptischen Momente gewesen war, in denen ich mir nie sicher sein konnte, ob mich die Schlechtigkeit aus der äußeren Welt attackierte oder aus meinem eigenen Inneren kam... Doch dann begriff ich allmählich: Ich konnte gar nicht so schlecht denken, wie die Camp-Leitung und ihr Clan handelten. Denn hier reichten Profitgier, Sadismus und Machtkalkül einander die Hand, traten offen zutage und vermochten doch "undercover" zu bleiben. - Vielleicht bis heute?

10."Who cares?" - Unmenschlichkeit und Gleichgültigkeit

Durch die Inszenierungen von Machtkämpfen gegen uns CCs sowie die Betrügereien, von denen ich erfahren hatte, war mir eines deutlich geworden: Die Camp-Leitung hatte weder an den Kinder noch an uns CCs ein positives Interesse. Wir alle waren Manövriermasse für ihre ans Sadistische grenzende Macht- und Profitgier.

Und gegen Ende des ersten Monats hatte ich die Gewissheit, dass diese Erkenntnis nicht das Geringste mit meinen Projektionen oder gehässigen Phantasien zu tun hatte.

Doch hatte dieser Erkenntnisgewinn auch einen Preis: Mir war klar, dass ich meiner eigenen Aufgabenstellung der ersten Gruppe gegenüber nicht gerecht geworden war, sie in gewisser Weise vernachlässigt hatte mit meiner Distanz. Sie war einfach nötig, da ich zu viel Energie für das Camp und seine Widerwärtigkeiten aufbringen musste.

Diese Distanz war in den letzten Tagen auch nicht mehr rückgängig zu machen. Die Mädchen hatten sich längst damit abgefunden, ohne sich je zu beschweren. War sie ihnen vielleicht gar nicht aufgefallen?

Von meinen Erfahrungen hatten aber weder sie noch die anderen CCs etwas mitbekamen, Dabei gab es allerdings eine Ausnahme: Mindestens eines der Mädchen - Semanta - hatte mit ihrer enormen Beobachtungsgabe und ihrem kritischer Geist etwas gespürt von der mehr oder weniger latenten Kinderfeindlichkeit der Campleitung. Das zeigte sie bei folgender Begebenheit:

Wir saßen am Mittagstisch, als Joanna plötzlich das Essen verweigerte. Sie hatte zuvor keine Anzeichen von Unwohlsein erkennen lassen, so dass ich nicht zu unterscheiden vermochte, ob es sich um eine momentane Laune, um Widerwillen gegen das Essen, oder um ernsthafte gesundheitliche Probleme handelte. Auf diesbezüglichen Fragen erwiderte lediglich: "Ich weiß nicht, ich krieg einfach nichts runter." Dabei verzog sie ihr Gesicht und brachte Widerwillen ebenso wie eine gewisses Leiden zum Ausdruck. Es fiel mir schwer zu entscheiden, welche Bedeutung ihrer Ablehnung des Essens zukam. War sie ein Fall für die Ärztin oder hatte sie vielleicht einfach nur Heimweh? "Möchtest du die Ärztin aufsuchen?", fragte ich sie besorgt. Doch sie schüttelte nur mit dem Kopf und antwortete sie mit gequälter Stimme: "Die kann mir doch auch nicht helfen", Dennoch war ich verpflichtet, sie der Ärztin vorzustellen, die allerdings zu diesem Zeitpunkt selbst Mittagspause machte. Daher hielt ich mich ein wenig zurück. Doch nun bedrängten die anderen Mädchen sie mit Fragen und Vorschlägen. Zu alle Joanna schüttelte nur den Kopf und erwiderte: "Ich weiß nicht. Ich hab zu gar nichts Lust... Kümmert euch doch um eure Sachen." Die letzten Worte hatten erstaunlich fest und bestimmt geklungen. Insgesamt signalisierte sie eine gewisse Wehleidigkeit, vielleicht war sie auch nur unleidig aufgrund frustrierender Erfahrungen. Mir jedenfalls war klar, dass weiteres Eindringen in sie zu zwecklos war. Daher bat ich die anderen, sie nunmehr in Ruhe zu lassen.

Die ganze Zeit über hatte Semanta verärgert zugeschaut. War sie etwa neidisch auf die starke Aufmerksamkeit, die Joanna zuteil wurde? Es war mehr als das, denn sie sagte in leicht sarkastischem Tonfall:

"Was glaubst du eigentlich, was du damit erreichst? - Du kannst hier flach aufs Gesicht fallen, es wird sich niemand darum scheren."

Diese Worte erschreckten mich zutiefst. Waren sie etwa gegen mein Verhalten gerichtet, das Semanta als Gleichgültigkeit Joanna gegenüber deutete?

Aber dann fügte sie erklärend hinzu:

"Ich weiß, wovon ich rede. Es ist mein sechster Sommer hier im Camp; ich kenn' mich da aus. Glaub mir, die scheren sich hier einen Dreck darum, wie es dir geht."

Ohne die Erfahrungen der letzten Tage und Wochen, hätte ich Semantas Sarkasmus wohl als boshaft empfunden. Jetzt aber verstand ich sie und wusste ihre Aufrichtigkeit zu schätzen. Doch schien mir ein entsprechendes Lob an dieser Stelle nicht angebracht. In all den Jahren hatte Semanta offenbar viel erlebt und beobachtet, sich nicht täuschen lassen von geheuchelter Freundlichkeit und darauf nur mit Sarkasmus reagieren können. Galt er doch genau diesen menschenverachtenden Strukturen, die sich mir in den letzten Wochen erst enthüllt hatten. War nicht auch mir dabei klar geworden, wie wenig es hier wirklich um die Kinder ging?

Das jedoch im Alter von zwölf Jahren schon begriffen zu haben, erschien mir eine beachtliche Leistung Semantas. Als Schwarze hatte sie sehr wahrscheinlich viel häufiger als weiße Mädchen in diesem Alter Ungerechtigkeit und mangelnde Empathie erfahren und war in dieser Hinsicht sensibilisiert worden.

So konnte ich sie nur bewundern für ihren realistischen Durchblick und die klaren Worte, die sie dafür gefunden hatte. Sagen konnte ich ihr das nicht. Schon zuvor war mir diese Fähigkeit bei ihr aufgefallen; zum Beispiel ihre Belehrung Marys, dass die Ursache für das abweisende Verhalten mancher Mädchen nicht etwa an deren Rassismus lag, den Mary gern unterstellte, sondern in Marys eigenem unfairen Verhalten.

Semantas Erfahrungen bestätigten die meinigen. Nicht nur Skepsis wäre daher angebracht, sondern vor allem Widerstand, den aber durch genau diese Camp-Strukturen auf vielfältige Weise verhindert wurde. Was mir blieb, war der passive Widerstand, der feste Wille, die nächste Gruppe von Anfang an vor bestimmten Regeln des Camps zu schützen, die sie nur unnötig einschränkten.

Doch warum nicht schon jetzt beginnen, indem ich Joannas Unpässlichkeit nicht meldete, sie nicht mit einem - wie sie meinte unnötigen Besuch bei der Ärztin quälte und sie einfach nur in Ruhe ließ?

Sie konnte die Mittagspause im Bett verbringen und durfte von niemandem angesprochen werden. Und es wirkte Wunder: Sie war bereits am Nachmittag wie ausgewechselt, blieb aber bei ihrer berechtigten Kritik an dem Essen, die ich nun noch besser verstand.

Hatte sie sich nicht als Erste darüber beklagt, dass ihr Insulin-Verbrauch hier viel höher sei als zu Hause, wo man ihnen doch das genaue Gegenteil versprochen hatte? - Hier schloss sich für mich ein Kreis, von dem ich damals nichts wusste.

Der in den diesen Wochen erworbene Durchblick würde mich in der zweiten Hälfte vor falschen Erwartungen schützen. Denn er hatte mir alle Unsicherheiten dem Camp gegenüber genommen und würde mir ein Mehr an Zugewandtheit und Parteilichkeit für die Kinder ermöglichen.

Bei all der gewonnen Gewissheit im Hinblick auf das Camp wurde mir am Ende also auch noch diese Gewissheit zuteil. Und aus der Gewissheit sollte Weisheit erwachsen - eine gewissen Lebensklugheit, die den Kindern den Aufenthalt so angenehm wie möglich machen sollte.

2. Teil: Schwarz und Weiß - Hand in Hand

11. "Wie soll das nur gutgehen?" - Das große Schweigen

Der Wechsel von der ersten zur zweiten Gruppe war gut organisiert. Wir CCs konnten das Camp für einen Tag verlassen und hatten bereits im Vorfeld eine Fahrt zu den Niagara Fällen an der Grenze zu Kanada geplant. Es war ein grandioses unvergessliches Erlebnis für all jene, die sie zum ersten Mal erlebten.

Bereits am nächsten Tag kurz nach dem Mittagessen ereichte der Bus mit den neuen Kindern das Camp. Meine Gruppe, die ich mit Spannung erwartete, bestand aus zwölf Zehnjährigen, darunter nur eine Schwarze von auffallend kleiner Gestalt. Sie wirkte in dieser Gruppe fehl am Platze - drei Kopf kleiner als die größeren Mädchen der Gruppe.

Es musste sich um eine Verwechslung handeln. Um das zu klären, gab ich meiner Co-CIT Jamina kurz Bescheid und wollte losrennen, bevor Betty mit den Listen wieder verschwand.

Nachdem ich ihr von meinem Verdacht erzählt hatte, erklärte Jamima lächelnd:

"Mach dich nicht lächerlich. Die Kleine leidet offensichtlich an einer schweren Form der Diabetes und hat Wachstumsstörungen. Das gibt es häufiger. - Solche Menschen werden nicht alt."

Dass sie bei diesen Worten lächelte, irritierte mich. Außerdem war mir meine Ahnungslosigkeit ein wenig peinlich. Dazu gesellte sich mein Ärger darüber, dass ich darüber bei der Camp-Einweisung nichts erfahren hatte. Nur gut, dass Jamina selbst Diabetes hatte und mir zur Seite stand.

Mit der Liste in der Hand hieß Jamima die Kinder im Camp willkommen und betrat mit ihnen und ihrem Gepäck nach und nach die Hütte.

Die kleine Schwarze stand etwas verloren ein wenig abseits mit ihrem kleinen Koffer. Erst jetzt wurde mir bewusst, dass sie die einzige Nicht-Weiße war. Zusammen mit ihrer geringen Größe würde diese Konstellation wohl zu größten Schwierigkeiten führen. Dessen war ich mir gewiss und hatte dabei natürlich Mary vor Augen, die immerhin noch Semanta zur Seite hatte.

Hinzu kam, dass die Kleine auch sonst eher wie ein Baby aussah und nicht wie eine Zehnjährige: In ihren kurzen Hosen stand sie auf stämmigen kurzen Beinen, die in einen kräftigen runden Po mündeten. Darüber wölbte sich ein starkes Hohlkreuz - nach vorne wölbte sich ein runder Bauch. Auf schmalen Schultern saß ein rundgesichtiger Kopf, dessen Kraushaar mit einem Gummi zu einer klitzekleinen Kugel an der höchsten Stelle der Rundung ihres Hinterkopfes zusammengebunden war. Dazu ein echtes Baby-Face mit aufgeworfenen halb geöffneten und feucht glitzernden Lippen, zwischen denen weit auseinander stehende weiße Zähne hervorlugten. - Ich bedaure bis heute, damals kein Faoto von ihr gemacht zu haben. Bei weitem keine Schönheit, sah sie dennoch entzückend aus. Zudem wirkte sie dermaßen verloren,

dass ich sogleich um sie zu fürchten begann: Wer von
den anderen Mädchen würde sich schon mit ihr
befreunden? Wie wollte sie sich gegenüber elf weißen
Mädchen auch nur Gehör verschaffen, geschweige
denn auch mal durchsetzen?

Sofort standen mir die Szenarios mit Mary und den
anderen Mädchen vor Augen. Das durfte sich auf
keinen Fall wiederholen, auch wenn die Kleine beim
Sportfest versagen sollte. Diesmal würde ich aufpassen
und sie unter meine Fittiche nehmen. - Hier also trat der
sogenannte Baby-Effekt in Kraft - als Trick der Natur,
um Schutzbedürftigen den Schutz der Stärkeren zu
sichern.

Ich ging zu ihr, reichte ihr die Hand und fragte sie nach
ihrem Namen. Sie nahm weder meine Hand, noch
antwortete sie. Stattdessen blickte sie stumm vor sich
auf den Boden. Offenbar lehnte sie jede Art von
Kontakt - selbst den der Blicke. War sie nicht fähig
oder unwillig, sich zu äußern? War sie gar taub -
stumm - oder gar beides?

Wieder wollte ich hinunter gehen, um Näheres über sie
zu erfahren. Über solche Handicaps müsste man uns
doch informieren!

Doch dann war es Jamimas verinnerlichte Stimme, die
mich zurückhielt und ein zweites Mal davor bewahrte,
mich zu blamieren. Auf sie hörend fielen mir auch
gleich noch andere Gründe ein für ihr Schweigen:
Vielleicht war es das erste Mal, dass sie allein verreiste,
das erste Mal getrennt von ihrer Familie, ihrer

vertrauten Umgebung. So fremdelte sie vielleicht und war einfach nur schüchtern in einer sie einschüchternden und überwältigend neuen Gegend und Atmosphäre.

Wenn sie aus der Bronx kam, was wirklich der Fall war, hatte sie vielleicht noch nie an einem See gestanden, der unmittelbar hinter ihr in der Sonne glitzerte. Mir fielen auf einmal genügend Dinge ein, die einem kleinen Mädchen schon die Sprache verschlagen konnten. - So ermutigte ich mich selbst, einfach nur abwarten.

Die anderen Mädchen waren bereits in der Hütte. Etwas hilflos hatte ich neben ihr gestanden. Nun war es an der Zeit, den anderen zu folgen. Ich griff nach ihrem Koffer, dann nach ihrer Hand nehmen, wurde aber sogleich eines Besseren belehrt, indem sie sie ihre Hand auf den Rücken legte. Auch ihren Koffer wollte sie selbst tragen, doch das erwies sich gerade als sinnvoll. Klein wie sie war, hätte sie ihn auf jede der Stufen einzeln heben müssen. So überließ sie mir den Koffer.

Die anderen hatten sich bereits ihr Bett gesichert. So musste die Kleine nehmen, was übrig blieb. Für sie offenbar kein Problem, da sie sowieso keines der Mädchen kannte und auch zu ihnen keinerlei Kontakt aufnahm.

Die Mädchen waren enorm lebendig und teilweise recht laut. Da Jamima noch einmal die Liste durchgehen und alle Namen aufrufen wollte, bat sie um Ruhe. Neben jeden Namen notierte sie die jeweilige Bett-Nummer, um uns die Arbeit zu erleichtern. Erfahrungsgemäß dauerte es einige Tage, bis wir ihre Namen auswendig kannten und dem richtigen Bett zuordnen konnten.

Als letzten Namen rief Jamima "Julia", erhielt jedoch keine Antwort.

"Das muss die Kleine am Bett fünf sein", erklärte ich Jamima. "Ihre Ankunft im Camp hat ihr offenbar die Sprache verschlagen. Sie braucht wohl noch Weile um anzukommen."

Ich hatte diese Worte laut und vernehmlich gesprochen, damit alle sie hören sollten. Dann wussten sie Bescheid und brauchten es nicht zu persönlich zu nehmen, wenn sie auf eine Frage keine Antwort von ihr erhielten.

Dennoch befiel mich die Furcht, sie könne von den anderen Mädchen ausgegrenzt werden, wie ich es bei Mary erlebt hatte. Meine Unachtsamkeit hinsichtlich der gruppendynamischen Prozesse durfte sich auf keinen Fall wiederholen. Diesmal brauchte das Camp meine Aufmerksamkeit nicht mehr, da sollte sie ganz den Mädchen gehören.

Während die Kinder ihre Koffer auspackten, gingen Jamina und ich herum und erkundigten uns, ob sie Hilfe brauchten. Einige Mädchen nutzten die Gelegenheit, um mit uns ins Gespräch zu kommen. Sie wollten eine Menge wissen - über das Camp, aber auch über uns persönlich. Ihre unbekümmerte Neugier war schlichtweg entwaffnend. Obwohl ich mich normalerweise nicht gerne "ausfragen" lasse, empfand ich ihre Neugier als ansteckend; denn auch ich wurde neugierig auf die Mädchen. - Besonders aber auf Julia, die ich unter meine Fittiche nehmen wollte. - Nie wieder sollte es einem Mädchen so ergehen wir Mary in meiner ersten Gruppe.

Bett für Bett arbeitete ich mich vor, bis ich bei Julia landete. Als ich ihr - wie den anderen Mädchen zuvor auch - meine Hilfe anbot, reagierte sie nicht und ließ sich in keiner Weise beim Auspacken ihres Koffers stören. So schaute ich ihr eine Weile ratlos zu und wurde dabei gewahr, dass der Koffer, der bei den anderen Mädchen förmlich überquoll, bei ihr nur wenige Sachen enthielt, davon einige Kleidungsstücke, die feucht zusammengerollt nebeneinander lagen. Julia glättete sie ein wenig und breitete sie auf ihrem Bett aus, um sie zu trocknen.

Offensichtlich besaß Julia keine ausreichende Kleidung zum Wechseln und hatte sie noch am Vortag getragen. Erst in letzter Minute konnte ihre Mutter sie waschen, dann aber nicht mehr trocken bekommen. - Im reichsten Land der Welt begegnete ich mit ihr einer Armut, wie ich sie zuvor noch nie so unmittelbar in meinem Umfeld erfahren hatte.

Wie würden die anderen Mädchen darauf reagieren? Schließlich hatte ich in der ersten Gruppe erlebt, wie wichtig den Mädchen hübsche adrette Kleidung war. Wie Mary danach gelechzt hatte, sie auch mal tragen zu dürfen, sie dann nicht mehr in einwandfreiem Zustand hatte zurückgeben können. - Sollte ich nun von vornherein den Austausch von Kleidung verbieten? Dann wäre ich strenger als das Camp, das ein solches Verbot nicht kannte. Nein, ich konnte nur hoffen, dass es diesmal anders lief.

Julia hatte den anderen Mädchen nichts zu bieten: Weder Schönheit noch Klugheit, weder Witz noch Charme, weder interessante Kleidung noch Schmuck, wie ihn die meisten Mädchen bereits trugen. - Ich fürchtete Schlimmes, wollte aber auch den Teufel nicht an die Wand malen. Wachsamkeit war für mich oberstes Gebot.

Sollte eines der Mädchen die Nase rümpfen, Julia vielleicht sogar lächerlich machen, würde ich sofort einschreiten, das Mädchen ins Unrecht setzen und ihr klarmachen, dass ich solches Verhalten nicht dulde. Andererseits: Je länger Julia schwieg, keinen Kontakt zu den anderen Mädchen aufnahm oder auch nur zuließ, desto stärker wäre ihre Ausgrenzung als Folge ihrer Selbstausgrenzung.

Noch waren die Mädchen jedoch vollauf mit sich selbst beschäftigt und verschwendeten keinen Gedanken an das sonderbare Verhalten Julias. Das würde aber mit Sicherheit nicht immer so bleiben.

Nach dem Abendessen brachte ich die Mädchen ins medizinische Zentrum. Als Julia an der Reihe war, begleitete ich sie in das Zimmer der Ärztin, was ich normalerweise nicht tat. Ich erklärte der Ärztin, dass Julia noch kein Wort gesprochen hätte. Doch sie erklärte nur in leicht überheblichem Ton:

"Das lassen Sie nur meine Sorge sein... "

Dann wandte sie sich freundlich an Julia: "Wohin möchtest du deine Spritze haben?"

Statt zu antworten verwies Julia lediglich mit der rechten Hand auf den linken Oberarm. Auch sie hatte Julia nicht zum Sprechen bringen können. - Eine kleine Genugtuung.

Die Ärztin verabreichte ihr die Spritze, machte sich Notizen und schickte Julia wieder aus dem Raum. Draußen nahm ich sie in Empfang. Wir setzten uns auf die Bank und warteten auf die anderen Mädchen.

Am Ende dieses ersten Abends war es kein Problem, die Mädchen ins Bett zu bekommen, so müde waren sie Meine Kollegin war CIT und noch keine achtzehn Jahre alt und hatte eine entsprechend geringere Arbeitszeit. Sie verließ uns daher nach dem Abendessen und schlief bei den anderen CITs. Morgens kehrte sie dann zum Aufstehen und Fertigmachen zurück.

Ich war froh, mit der Gruppe am Abend allein zu sein. Meine erste Befragung mit der Karteikarte war wie eine erste intensivere Kontaktaufnahme. Ich war erstaunt, wie wenig die meisten von ihnen fremdelten. Sie schienen keine Probleme zu haben, sich hier einzuleben.

Als alle im Bett lagen, wünschte ich ihnen allen eine gute erste Nacht ging ich an den Lichtschalter und kündigte ihnen die Nachtwache an. Sie würde ab sofort für sie zuständig sein. Ohne besondere Vorkommnisse, wie zum Beispiel Lärm oder Licht, möglicherweise auch gesundheitliche Probleme, würde sie die Hütte jedoch nicht betreten.

Als ich dann mit einem "Gute Nacht" das Licht ausknipste, protestierte Maria, ein krausköpfiges puertorikanisches Mädchen im ersten Bett laut und vernehmlich:

"Aber Sie haben uns ja noch gar keinen Gute-Nacht-Kuss gegeben!"

Ich war perplex. So etwas hatte ich noch nicht erlebt. Normalerweise stellt sich das Bedürfnis nach Nähe erst nach einer gewissen Vertrautheit ein. Doch hier äußerste sich ja auch nur der Wunsch Marias, deren offene Unbekümmertheit mir bereits aufgefallen war. Um nicht im Dunkeln zu tappen und Transparenz herzustellen, schaltete ich das Licht wieder ein, trat an Marias Bett und drückte ihr einen Kuss auf die Stirn. Wieder protestierte sie lauthals: "Nein, nicht da. Auf den Mund!"

DAmit erhob sie sich und streckte mir ihr Gesicht entgegen. Erstaunt und verunsichert drückte ich ihr einen sanften Kuss auf den Mund, nach sie sich zufrieden wieder hinlegte und sich in ihre Decke einhüllte.

Als ich mich von ihrem Bett abwandte und gehen wollte, rief ihre Bettnachbarin:

"Ich will auch einen Gute-Nacht-Kuss!"

Darauf folgten die anderen Mädchen mit ihrem: "Ich auch! Ich auch!"

So blieb mir nichts anderes übrig, als von Bett zu Bett zu gehen und jedes Mädchen mal auf die Stirn, auf Wange oder Mund zu küssen - ganz so, wie sie es wünschten.

Nur Julia hatte sich nicht gemeldet. Sicher wollte sie in Ruhe gelassen werden. Aber konnte ich sie deshalb von mir aus ausgrenzen? Das wollte ich auf keinen Fall. Sie sollte von Anfang an das Gefühl haben, dazu zu gehören, auch wenn sie das im Moment noch nicht wollte.

So trat ich auch an ihr Bett, beugte langsam über ihr Gesicht, das sie hätte wegdrehen können, drückte ihr einen leichten Kuss auf die Stirn und sagte leise: "Ich wünsche dir eine gute erste Nacht hier im Camp." - So hatte ich es auch bei den anderen Mädchen auch getan. Julia nahm es hin. Nicht mehr - aber auch nicht weniger. Dann verließ ich die Hütte mit einem gutes Gefühl für den morgigen Tag. Die Weichen für einen Kontakt waren jedenfalls gestellt.

Doch brachte der nächste Tag keine Änderung in Julias Verhalten. Sie verharrte in ihrem Schweigen, fügte sich aber dennoch in das Gruppengeschehen. Die Mädchen nahmen ihr Schweigen erstaunlich gelassen hin. Niemand kümmerte sich um sie. Fast alle hatten Spaß miteinander, während sich Julia an nichts zu erfreuen schien und keinerlei Interesse zeigte

Während die Mädchen begonnen hatten, sich einander vertraut zu machen und erste Freundschaften sich anzubahnen schienen, blieb Julia auch am dritten Tag

Zaungast des Geschehens - auch dann, wenn sie mitmachte.

Nun war also genau das geschehen, was ich so sehr befürchtet hatte. Sie stand außerhalb der Gruppe. Dennoch war die Situation eine andere: Mary's Ausgrenzung hatte sich aufgrund ihrer Verhaltens vollzogen. Bei Julia hingegen handelte es sich um eine von ihr frei gewählte Selbstausgrenzung von keinerlei Kränkung oder Unstimmigkeit verursacht. - Damit tröstete ich mich zumindest.

Leider gab es im Camp keine Möglichkeit der Supervision oder sonstigen Coachings. In dieser Rolle hatte ich mir anfänglich die Mitglieder des Staff vorgestellt. Aber das konnte ich vergessen. - Es hätte ja vielleicht schon aus Austausch mit den anderen CCs gereicht, aber der wurde verhindert durch einen fehlenden Treffpunkt. - Es war so jammerschade...

Doch Jammern half nichts. Auch gab es ja nicht nur Julia, sondern all die anderen Mädchen, für die genau so da sein wollte - und das gelang mir erstaunlich gut. Sie machten mir fast alle Freude in ihrer ganzen Verschiedenheit, die ich nach und nach entdeckte. Bereits nach wenigen Tagen fühlte ich eine große Nähe zu ihnen, die ich mit der ersten Gruppe zu keinem Zeitpunkt gespürt hatte.

Das Küchenteam hatte mir seinerzeit erklärt, dass sich die Camp-Leitung im zweiten Turn etwas zurücknehmen würde. Dann wäre es nämlich schwierig, für den Rest der Zeit neue CCs zu bekommen. Sie konnten es sich dann nicht mehr leisten, jemand gehen zu lassen oder gar aus dem Camp zu werfen.

Als daher zum ersten Mal der Wunsch aufkam, barfuß zum See zu laufen und die Sandalen in der Hütte zu lassen, erinnerte ich mich meines "Gelübdes", ihnen so viel Freiheit zu lassen, wir nur irgend möglich.

So erklärte ich ihnen, dass dies zwar gegen die Regeln verstieß, ich aber nichts dagegen hätte, wenn sie es ab und zu dennoch täten. Allerdings nur, wenn sie es von zu Hause gewohnt waren. Auch dürften sie sich nicht von anderen erwischen lassen oder gar darüber reden.

Für den dritten Abend war ein Lagerfeuer nach dem Abendessen angekündigt. Die Mädchen freuten sich verhalten, da ihnen nicht klar war, was hinter diesem Angebot steckte. Ein Programm gab es nicht. So begaben sie sich mit gemischten Gefühlen mit dicken Jacke zu dem kleinen "Amphitheater" am Ende des Camps. Dort fanden alle zweihundert Kinder einen Platz.

Obwohl ich mich inzwischen an Julias Verhalten gewöhnt hatte, befand ich mich dennoch in einer ständigen Hab-Acht-Stellung und sah auch nun zu, dass ich möglichst unauffällig an ihrer Seite zu sitzen kam. Das dürfte in dem allgemeinen Gedrängel nicht aufgefallen sein. Ich war gespannt, wie sie sich in dieser Enge und Anonymität verhalten würde.

Es wurde ein recht fröhlicher Abend. In der Mitte sprühten die Funken des Feuers, das vom Staff beaufsichtigt wurde. Einige der CIT hatten lustige Sketche vorbereitet und erzählten Witze aus dem Camp. Zwischendurch wurden bekannte amerikanische Lieder gesungen.

Als das auch in Deutschland bekannte "Old McDonald had a farm..." an der Reihe war, sangen die Kinder Voller Begeisterung mit. Nur Julia schwieg. Wie schaffte sie es nur, sich nicht von dieser sprühenden Begeisterung der anderen Kinder anstecken zu lassen? Es tat mir in der Seele weh, sie so stumm und teilnahmslos dasitzen zu sehen und konnte nicht begreifen, was in ihr vorging - wollte es aber wissen.

So beugte mich zu ihr und sie fragte leise:

"Warum singst du denn nicht mit, Julia? - Kennst du das Lied nicht?"

Sie verzog keine Miene und antwortete mir im Brustton der Überzeugung:

"It's baby junk!" - ("So'n Babykram.!")

Ich musste an mich halten, um nicht lauthals zu lachen. Da saß nun dieses kleine Wesen mit allen Anzeichen eines Babys, das meinen Schutzinstinkt ständig neu ankurbelte und erklärte mir mit todernstem Gesicht, sie könne sich nicht an solchem "Babykram" beteiligen. - Als sei dies unter ihrer Würde.,,

Ich gab mir alle Mühe, mich beherrschen und nicht zu lachen. Es war mein köstlichstes Erlebnis im Sommerkamp und weit darüber hinaus.

Doch von diesem Augenblick an war das Eis gebrochen. Julia sprach fortan als sei nichts geschehen.

Sie war einfach da und hatte keinerlei Probleme, sich voll in die Gruppe zu integrieren. Auch die anderen Mädchen freuten sich, ohne dies zum Thema zu machen. Es war einfach wunderbar, wie sie mit der ganzen Situation umgingen. - Fortan gehörte Julia nicht nur voll und ganz dazu - sie wurde auch noch zum "Darling" der Gruppe! - Und das begann so.

12. "Keine Post?" - Die große Trauer

Wie sich in den nächsten Tagen zeigte, hatte Julia keinerlei Kontaktschwierigkeiten. Sie fiel in keiner Weise negativ auf, war nicht zu laut und nicht zu still, sagte, was sie meinte, konnte aber auch schweigen, wenn es ihr angebracht schien. So klein wie sie auch war, sie schien ein sehr reifes Kind zu sein.

Als ich an diesem dritten Abend mit meinen Karteikarten herumging und die üblichen Fragen an die einzelnen Mädchen richtete, antwortete mir Julia zum ersten Mal nach ihrer Schweigephase, in der ich ihre Karteikarte leer ließ. Als ich nun zu der Frage kam, ob sie schon Post von zu Hause erhalten hatte, verneinte sie ein wenig traurig. So vertröstete ich sie auf den nächsten Tag. Dann werde sie sicherlich Post bekommen.

Wie leichtsinnig von mir. Bei der Rückkehr aus dem Speisesaal, wo uns CCs die Post am Ausgang ausgehändigt wurde, schaute ich sie auf dem Weg zur Hütte rasch durch. - Für Julia war wieder nichts dabei.

In der Hütte legte ich jedem Mädchen die Post aufs Bett. Manche erhielten bereits den zweiten Brief und waren gerade am Lesen, als Julia hereinkam. Sie schaute sogleich auf ihr leeres Bett, machte ein enttäuschtes Gesicht und versicherte noch einmal bei mir:

"Hatte ich heute keine Post?"

"Nein, Julia, dann hätte ich sie dir schon aufs Bett gelegt."

Damit wollte ich ihr jegliches Nachfragen ersparen, aber wahrscheinlich konnte sie es nur nicht fassen, immer noch ohne eine Nachricht von zu Hause zu sein. Alle Kinder nutzten die Mittagspause, um von ihrer Eindrücke im Camp nach Hause zu berichten. Das ging recht munter vor sich. Sie lasen einander die geschilderten Ereignisse vor, ergänzten und korrigierten, lachten und hatten viel Spaß - bis auf Julia. Sie lag auf dem Bauch und schrieb in krakeliger Schrift still vor sich hin, ohne sich an dem Austausch zu beteiligen.

Am Vorabend hatte ich in der Karteikarte vermerkt, dass Julia sich Sorgen mache - man möge doch zu Hause anrufen und um eine Nachricht für sie zu bitten. Ob es geschehen ist, habe ich nie erfahren.

Als wir am Nachmittag zu einer Wanderung aufbrachen, ließ ich unter den Mädchen den Vorschlag verbreiten, einen gemeinsamen Brief an Julia zu schreiben, damit sie wenigstens noch in dieser ersten Woche Post bekäme. Es genüge, wenn jede von ihnen ein oder zwei nette Sätze verfasste, womit sich die Mädchen einverstanden erklärten und versprachen, gleich nach der Rückkehr damit zu beginnen, was eine von ihnen auch in Angriff nahm. Das war Melanie, die selbst noch unter Heimweh litt und bereits drei Briefe von zu Hause erhalten hatte. Sie konnte sich gut in Julias Lage versetzen.

Doch dann blieb der Brief, von dem Julia ja nichts merken durfte, irgendwo hängen, da ich mich zwischendurch nicht laut danach erkundigen konnte. Es muss alles still von statten gehen und das erwies sich für die Mädchen als schwierig.

Als ich am Abend mit meiner Karteikarte die Kinder befragte, erfuhr ich gleich von mehreren, dass sie unter Heimweh litten. Julia begründete es mit den fehlenden Nachrichten von zu Hause. Sie machte sich einfach Sorgen, es könnte etwas geschehen sein. Einige der Mädchen hatten ihre Betten zusammengestellt, saßen zu Dritt und Viert beieinander und aßen ihr Abendsandwich.

Als ich alle befragt und sie sich die Zähne geputzt hatten, fiel es mir schwer, sie in ihre eigenen Betten zu schicken. Während ich nachdenklich in den Raum schaute, kam mir Maria zuvor und bettelte:
"Können wir nicht die Betten zusammen lassen?"
Natürlich war das strengstens verboten. Ich hatte aber angesichts des Heimwehs vollstes Verständnis dafür. Untereinander würden sie sich am besten trösten und Geborgenheit schenken können. So erklärte ich ihnen,

dass das nur möglich sei, wenn sie sich dabei ganz ruhig verhielten. Nur dann hätten sie die Chance, dass die Nachtwache nicht in die Hütte kam und sie auseinander jagte. Außerdem mussten sie in einem solchen Fall die Verantwortung übernehmen und durften sich nicht auf meine Erlaubnis berufen.

Das versprachen alle - begeistert über diese Erlaubnis. Als ich an diesem Abend die Hütte verließ, hatte ich ein gutes Gefühl und konnte nur das Beste hoffen.

Wie ich am nächsten Morgen erfuhr, hatte es bestens geklappt. Nun versprach ich ihnen, dass sie es auch weiterhin so halten könnten, bis sie erwischt würden. Nur sprechen dürften sie darüber nicht. Das Abkommen hielt immerhin neun Nächte lang. Dann vergaßen sie die Vorsicht und wurden von der Nachtwache gezwungen, die Betten wieder an Ort und Stelle zu rücken.

Da der Brief an Julia bis zum Mittag des nächsten Tages nicht fertig war, blieb ihr Bett nach dem Mittagessen wieder leer. Wieder betrat sie die Hütte etwas später als die anderen, richtete den Blick erwartungsvoll auf ihr Bett und brach urplötzlich in Tränen aus.

Der ganze Schmerz brach sich Bahn, schüttelte den ganzen Körper, der hilflos im Vorraum neben mir stehen geblieben war. Ich griff nach ihr, nahm sie in die Arme, setzte mich mit ihr auf mein Bett und wiegte sie auf dem Schoß wie ein kleines Kind, das sie in diesem Augenblick auch wirklich war.

115

Ihr hemmungslos-schmerzvolles Weinen erschütterte die ganze Gruppe. Sprachlos bildeten sie einen Halbkreis um mein Bett und nahmen Anteil an Julias Schmerz. Auch tat es ihnen leid, dass ihr Brief nicht fertig geworden war. Sicher hätte er sie ein wenig trösten können. Niemand sprach, doch alle blickten betroffen auf Julia, der ein Sturzbach von Tränen zusammen mit Nasenschleim die das Gesicht hinunterlief. - Sie heulte buchstäblich "Rotz und Wasser".

Leise flüsterte ich ihr ins Ohr, dass wir den großen Schmerz mit ihr empfanden, einen Brief an sie in Arbeit hatten, der ihr sagen sollte, wie gern wir sie hatten. Dass er nur noch nicht ganz fertig war, sie ihn aber heute noch bekäme.

Die Mädchen, die offenbar alles verstanden hatten, nickten bestätigend mit dem Kopf. Wie ein Schutzwall standen sie eng beieinander um uns herum, als wollten sie sie vor der "böse Welt" schützen.

In diesen Minuten entstand eine so enge Verbindung zwischen uns, die Julia in den Mittelpunkt der Gruppe rückte. Ich war sicher, dass sie in diesen Minuten Trost und Geborgenheit durch uns alle empfand, so dass sie ihren Schmerz auch wieder loslassen konnte.

Denn plötzlich wie sie gekommen waren, versiegten ihre Tränen auch wieder. Sie erhob sich, sprang von meinem Schoß, putzte ihre Nase und stellte sich zwischen die Mädchen - als sei nichts geschehen. Für

sie war der Spuk vorbei und das Leben ging weiter.
Alle waren erleichtert.

Am nächsten Tag fand Julia gleich zwei Briefe auf
ihrem Bett: den einen von zu Hause, den anderen von
der Gruppe. Freude und Erleichterung strahlten aus
ihren Augen und wir alle freuten uns mit ihr. Von
diesem Moment an war Ihr Heimweh verflogen. Sie
konnte sich voll und ganz auf die Gruppe einlassen. -
Das aber verhieß nicht unbedingt Gutes...

13. "Ist sie nicht süß?" - Das Großreinemachen.

An einem der nächsten Tage regte sich Julia entsetzlich
darüber auf, dass einige Mädchen Toiletten und
Duschen nicht einwandfrei verlassen hatten: Haare
verstopften den Abfluss, Seifenreste und
Toilettenpapier lagen am Boden. Selbstverständliche
waren immer zwei Mädchen für den Reinigungsdienst
in der Hütte eingeteilt. Ich hatte es aber versäumt, sie
zu kontrollieren. Das war wohl mehr als einmal
vorgekommen.

Mir sar nicht klar, warum nun Julia diese
Kontrollfunktion übernommen hatte. Auf jeden Fall rief
sie die Mädchen zusammen und begann, sie mit einer
Vehemenz zu beschimpfen, dass ich zuerst erschrak,
weil ich die Folgen fürchtete. Ihr Vokabular war mir
zwar teilweise fremd, doch was ich verstand,
entstammte dem schlimmsten und vulgärsten Slang, mit

dem sie in der Bronx wohl ganz selbstverständlich aufgewachsen war.

Zu meiner großen Verwunderung bildeten die Mädchen einen Kreis um sie, statt ihr den Mund zuzuhalten, lauschten sie offensichtlich fasziniert ihren Worten. Doch schien dieses Maß an Aufmerksamkeit Julia noch weiter anzustacheln, sich Rage zu reden. Sie fand kein Ende. - Mir dagegen verschlug es die Sprache.

Woher kam nur diese ungeheure Wut? Woher eine solche Empörung über so banale Alltäglichkeiten? Doch auch die Gruppe war mein ein Rätsel. Warum hatte ihr keines der Mädchen, die ja nicht alle zu recht beschimpft wurden, auch nur ansatzweise widersprochen oder sich gegen ihre harten Worte verwahrt? Warum hatte keine von ihnen Julia einfach den Rücken und die Hütte verlassen? Sie konnten sie doch einfach stehen lassen und gehen. Aber nein, sie blieben wie angewurzelt stehen, blickten fasziniert auf Julia als stünden sie in ihrem Bann - und ließen sich weiter beschimpfen. Sie zeigten sogar eine gewisse Betroffenheit. Mochte Julia in gewisser Weise auch recht gehabt haben mit ihren Vorwürfen, berechtigt war sie zu solchen ausfälligen Schimpftiraden auf keinen Fall. Im Übrigen hatte niemand sie zur Aufsicht bestimmt.

Doch um solche Fragen scherte sich Julia nicht. Sie war mit ganz anderen Gedanken beschäftigt, die mir ihren Ausbruch später verständlich machten. Doch davon hatte ich zu diesem Zeitpunkt noch Ahnung - ebenso wenig wie die Mädchen, die zwar mit ernsten Gesichtern Julias ihren Worten folgten, sie aber dann doch ab und zu mit einem kaum wahrnehmbaren Schmunzeln quittierten. - Nicht, dass sie sich über sie lustig gemacht hätten, ihre Gemütsverfassung schwankte vielmehr hin und her zwischen Amüsiertheit und Betroffensein, Einsicht und Faszination, Verwunderung und Bewunderung.

In diesem Gefühls-Mix war offenbar kein Raum für Ärger und Protest. Wie mir schien, empfanden sie diese in vollem Ernst inszenierte Darbietung eher als Bereicherung, denn als Beleidigung. Sehr wahrscheinlich sahen sie Julias Auftritt auch eine Befähigung, wenn nicht gar ein "Show-Talent". denn das hätte wohl keine von ihnen abziehen können - auch wenn es sich hier beileibe nicht um eine Show handelte. - Doch das erkannte ich erst später.

Am Ende war es Maria, die als erste eigene Worte fand für diese eigenartige Situation, als sie nach gefühlten zehn Minuten Dauerschimpfens Julia mit einem liebevolles Lächeln ansah und in die Runde fragte: "Ist sie nicht süß?"

Damit hatte sie einen Kontrapunkt gesetzt zu jener Gossen-Sprache, der zugleich eine Art Liebeserklärung war, die die anderen Mädchen mit einem zustimmenden Lächeln quittierten.

Mit vier Worten Maria Julia den Wind aus den Segeln genommen; denn nun musste auch sie lächeln, so dass ihr Wortschwall versiegte. Im Nu war sie wieder das kleine Mädchen, das ein wenig verlegen inmitten der Gruppe stand und nicht zu wissen schien, wie sie dorthin gekommen war und was sie dort sollte oder wollte.

. 14. "Du kannst das nicht" - Julia übernimmt das Regiment

Wie ich am nächsten Tag erfahren sollte, hatte Julia in diesem Auftritt ihre ganze Verzweiflung zum Ausdruck gebracht, der ich nach und nach auf die Spur kommen sollte.

Zunächst fiel mir nach dem Mittagessen vor dem Speisesaal beim Durchsehen der Post auf, dass Julia sich etwas unter ihr T-Shirt steckte. Es war ein Packen Papier-Servietten, in die das Plastik-Besteck eingerollt war. Es wurde normalerweise nach dem Essen von den CIT weggeworfen. Davor hatte Julia es also bewahrt, aber so, dass keines der Mädchen etwas davon merkte. Zurück in der Hütte holte Julia ihren Koffer hervor, während die Mädchen mit ihrer Post und anderen Dingen beschäftigt waren. Als sie ihn öffnete und ihre "Schätze" hineinlegte, ging ich unauffällig an ihr vorbei und sah in dem Koffer lauter Seifenreste liegen. Sie hatte jeden Abend und Morgen, nachdem die Mädchen den Waschraum verlassen hatten, die verbliebenen Seifenreste eingesammelt.

Bei diesem Anblick kamen mir fast die Tränen beim Kontakt mit so viel Armut. Selbstverständlich ließ ich mir nichts anmerken. Von diesem Tag an aber schickte ich eines der Mädchen zweimal die Woche zur Materialausgabe und ließ sie mehrere Stücke Seife holen. Ein bis zwei Stücke zweigte ich ab gab sie Julia mit den Worten:

"Wir haben zu viel, willst du sie nicht mitnehmen?"
Und jedes Mal freute sie sich darüber und lächelte glücklich. Ich hoffte, ihr so die noch feuchten Seifenreste im Koffer zu ersparen. Dennoch hatte ich nicht alles erfasst.

Am Morgen nach ihrem Wutanfall, den ich schon fast wieder vergessen hatte, ging ich in die Hütte, und wollte sehen, ob der Reinigungsdienst fertig war. Doch ich kam nicht weit. Auf dem Weg zum Waschraum kam mir Julia entgegen, nahm ich an die Hand und zog mich aus der Hütte mit den Worten:

"Ich mach das. Du kannst das nicht."
Eigenartigerweise begriff ich sofort, was sie meinte: Das Camp hatte aus dem Hütten-Dienst einen täglichen Wettbewerb gemacht. Dabei wurden die Hütten vom Staff inspiziert und in einer Liste Punkte für Ordnung, Sauberkeit und Zustand der Betten eingetragen. Nach dem Mittagessen wurde dann die Gruppe mit den meisten Plus-Punkten ausgezeichnet mit einem Geschenk für jedes Gruppenmitglied. Meistens bestand es aus einem T-Shirt mit dem Camp-Logo.

Weder meine vorige noch diese Gruppe hatten jemals zu den Siegern gehört. Und genau das wollte Julia an diesem Morgen ändern. Sie hatte beobachtet, dass meine Kontrolle den Camp-Kriterien offenbar nicht gerecht wurde. Da hatte ich schon mal eine Strickjacke auf dem Bett eines Mädchens übersehen und andere Kleinigkeiten, auf die es mir nicht ankam. Julia aber hatte es auf ein solches T-Shirt abgesehen, was ich nicht wusste.

Nun also bedeutete sie mir, dass sie sich für einen Sieg ihrer Gruppe einsetzen werde. Ihr Wutausbruch war nur der Auftakt zu diesem Unterfangen gewesen. - So kombinierte ich, nachdem sie mich als Störfaktor aus dem Weg geräumt hatte. Schließlich war es meine Laxheit in Sachen Ordnung, die ihr den täglichen Frust beschert hatte, kein T-Shirt zu gewinnen.

Nun also wollte sie mir beweisen, dass sie besser als ich in der Lage war, für Ordnung und Sauberkeit zu sorgen - sie, das Mädchen aus der Bronx, aus bitterster Armut...

Nie wäre mir ein solcher Vergleich in den Sinn gekommen. Zumal ich dieser Form des Wettbewerbs keinerlei Bedeutung beimaß, der doch für Julia so ungeheuer wichtig geworden war.

Nun sollte sich zeigen, ob es richtig war, mich aus dem Feld zu räumen. Mein Rauswurf aus der Hütte war sozusagen eine Art "freundlicher Übernahme" - ihre einzige Chance ihr Ziel zu erreichen.

Die Gruppe war gespannt, als nach dem Mittagessen im Speisesaal zunächst einmal wie immer das leidige Thema Ordnung und Sauberkeit auf der Tagesordnung stand. John verlas die Bewertungen. Wieder einmal hagelte es Verweise auf dringend zu beseitigende Mängel

Niemand hätte seinen Ausführungen auch nur ein halbes Ohr verliehen, wenn sie nicht mit einer Preisverleihung enden würden. Die aber war dann doch nicht im Sinne Julias, die einmal mehr seufzte: "Wieder keinen Preis für unsere Gruppe!"

Ihre Enttäuschung war unendlich groß, doch ich verkniff es mir, zu triumphieren. Wer aber nun meinte, sie würde aufgeben, hatte die Rechnung ohne den Wirt gemacht. Julia erwies sich als zäh. Schließlich war sie gerade gut eine Woche im Camp. Jeder neue Tag bot ihr eine neue Chance. Die nutzte sie und führte ihr strenges Regiment im Waschraum mit noch größerer Verbissenheit fort, während ich mich auf der Veranda mit den restlichen Mädchen bestens amüsierte.

Mittag für Mittag fieberte Julia dem Ende der Beurteilungen entgegen. Solange Hütte elf noch nicht im Zusammenhang mit Mängeln erwähnt wurde, erhielt sie ihre Hoffnung aufrecht, steigerte ihre Aufregung und drückte die Daumen ihrer beiden Hände.

Manchmal wanderten sie auch in den Mund. Dann schien sie vor Spannung darauf zu beißen.

Es war zwei Tage später als John mit leicht erhobener Stimme betont langsam seinen Blick auf unseren Tisch richtete und sagen:

"Und nun kommen wir zur Hütte elf. Sie wurde bislang noch nicht unter der Rubrik: herausragend sauber und ordentlich geführt. - Heute aber schon!"

Ein Sturm der Begeisterung brach in meiner Gruppe aus - angeführt von Julia, die sich kaum mehr einkriegte.

John rief die Mädchen zu sich und überreichte jeder mit einem Glückwunsch eines der so heiß begehrten T-Shirts mit dem Camp-Logo. Statt zum Tisch zurückzukehren, blieb Julia als einzige so lange vor ihm stehen, bis er ihr zwei weitere Hemden für Jamina und mich aushändigte, was er offenbar nicht vorgehabt hatte, sich aber vor den anderen nicht blamieren wollte. Mit ihnen im Arm kehrte sie überglücklich an unseren Tisch zurück. Als sie mir das Hemd überreichte, konnte ich nicht anders, als sie fest in die Arme zu schließen, ihr einen Kuss auf die Wange zu drücken und ihr dann laut und vernehmlich für ihre phantastische Leistung zu gratulieren mit den Worten:

"Was ich in Wochen nicht geschafft habe, ist dir bereits nach wenigen Tagen gelungen. Herzlichen Glückwunsch zu diesem großartigen Erfolg."

Es war das erste Mal, dass ich Julia rundherum glücklich erlebte. Die ganze Gruppe freute sich mit ihr, wohl wissend, wem sie diesen Preis zu verdanken hatte.

Es versteht sich von selbst, dass ich mit diesem Tag den lästigen Job der morgendlichen Aufsicht endgültig los war. Fortan versah ihn Julia und behielt ihn bis zum Ende. Wo ich lax gewesen war, verstand sie keinen Spaß und herrschte mit eisernem Regiment, über das sich dennoch nie ein Mädchen beschwerte.

15. Verstehen ohne Worte

Es war der Morgen nach Julias Wutausbruch, als wieder einmal Pfannkuchen auf den Tisch kamen. Sie sind in Amerika bekanntlich wesentlich dicker und mehliger als in Deutschland und waren mit flüssigem Süßstoff bedeckt. Die meisten Kinder waren überglücklich darüber, auch wenn sie nicht gerade zu den diabetesgerechten Speisen gehörten. Wohl aus diesem Grunde wurden sie auch sehr genau zugeteilt. Die Kinder hatten zwischen einem und vier Pfannkuchen auf ihren Tellern.

Julia als die am schwersten Erkrankte musste sich mit nur einem Pfannkuchen begnügen. Das fiel ihr sichtlich schwer. Ihr enttäuschter Blick ging in die Runde: Alle anderen Teller wiesen mehr auf als der ihre.

Das mag ihr in diesem Moment als großer Ungerechtigkeit vorgekommen sein. Dennoch war es ihrem Gesundheitsbild geschuldet, das ihr aber andererseits auch nicht mehr Obst und Salat einbrachte. - Und das war aus meiner Sicht die große Ungerechtigkeit von Seiten des Camps.

Mit meinem eigenen Essen beschäftigt, hatte ich nur flüchtig auf die Mädchen geachtet. Als dann aber Beschwerden laut wurden über die Schädlichkeit der Pfannkuchen, blickte ich in die Runde. Melanie, von der die Beschwerde kam, schob gerade ihren Teller fort mit einem empörten:

"Das ess' ich nicht!"

Ich überlegte, ob ich wohl etwas anderem für sie in der Küche bekommen würde, doch von allem, was ich wusste, erschien es mir höchst unwahrscheinlich.

Sogleich meldete sich Julia zu Wort mit der Frage, die sie an mich und Melanie richtete.

"Kann ich nicht einen davon haben?"

Melanie lachte auf: "Von mir aus kannst du alle haben, ich ess' sie sowieso nicht."

Nun musste ich eingreifen; denn jetzt ruhte ihr Blick auf mir: Natürlich durfte sie nicht! Wie hätte ich das anschließende Durcheinander bewältigen sollen, wenn ich eine Lockerung dieses Verbots eingeleitet hätte? Andere würden sich darauf berufen und zu Recht gleiche Behandlung einfordern. - Nein, das würde nicht gut gehen. Ein solches Risiko wollte ich auf keinen Fall eingehen.

Andererseits war mir ja bekannt, wie sehr im Camp mit dem Essen getrickst wurde. Wie laufend schädliche Speisen ausgegeben und mit höheren Insulin-Dosen wieder ausgeglichen wurden. Auch gab es kaum Obst, wie es unbedingt erforderlich gewesen wäre. Selbst für mich hatte dies kalorienreiche Essen negative Folgen; denn innerhalb weniger Wochen hatte ich bereits mehrere Pfunde zugenommen.

Mit Julias Bitte entstand für mich eine höchst ambivalente Situation: Einerseits musste ich ihr verwehren, sich etwas von Melanies Teller zu nehmen. Andererseits hatte ich Verständnis für ihren Wunsch, einmal fünf gerade sein zu lassen. - Genau diese

126

Ambivalenz wollte ich ihr spiegeln und sie selbst entscheiden lassen, und zwar in der festen Überzeugung, dass eine solche Ausnahme wohl kaum ins Gewicht fallen könnte.

Mit ernstem Blick antwortete ich ihr daher in teils strengem, teils bedauernde Tonfall:

"Aber Julia, du weißt doch, dass das hier strengstens verboten ist. Ihr dürft nichts von anderen Tellern nehmen."

Damit wollte ich ihr zu verstehen geben, dass es ich nichts mit dem Verbot zu tun hatte, sondern ihr sehr wohl den Pfannkuchen gönnte.

Gleichzeitig ermunterte ich sie jedoch mit meinen Blicken dazu - nach dem Motto: Ich darf es dir zwar nicht erlauben, werde dich aber auch nicht daran hindern, wenn du zugreifst.

Mein Glaube an den Erfolg dieses Double-Bind war äußerst gering - meine Hoffnung dagegen umso größer...

Dennoch erschien es mir fast wie ein Wunder, als Julia Blick mir ihr Verstehen signalisierte. Unmittelbar danach ergriff sie den Pfannkuchen und verspeiste ihn in einem erstaunlichen Tempo. Da mein Blick jedoch in die Runde ging, um zu sehen, wie die anderen Mädchen reagierten, schien am Ende niemand etwas davon mitbekommen zu haben. Auch ich nicht; denn als mein Blick zu ihr zurückkehrte, war der Pfannkuchen bereits wieder von ihrem Teller verschwunden. Ihr dankbarer Blick rundete diesen blitzschnellen Vorgang ab.

Ich weiß bis heute nicht, ob die Mädchen am Tisch wirklich nichts davon mitbekommen oder lediglich gute Miene zum bösen Spiel gemacht haben. Auf jeden Fall zog niemand daraus den Schluss, in diesem Sinne fortfahren zu können. Auch gesprochen wurde darüber anschließend nicht. Es geschah einfach - und wurde hingenommen.

Ich war erleichtert und überglücklich - zunächst über Julias Reaktion, danach über die der Mädchen.

16. Wenn die Nacht zu Ende ist...

Wenn ich mich recht erinnere, war Julia die Einzige, die morgens beim Aufstehen keine Probleme machte. Niemand sonst stand unmittelbar nach dem Weckruf auf. Nur sie. Als Erste war sie im Waschraum und stand als Erste bereit für den Gang in den Speisesaal. Es ist durchaus möglich, dass sie es auch tat, um die Seifenreste einzusammeln, die es ihr angetan hatten. Aber genau kann ich das natürlich nicht sagen. Andere mussten mehrfach zum Aufstehen ermahnt - wenn nicht gar gezwungen - werden. Doch der schlimmste Fall war Debbie, deren Bett neben Julias stand. Sie war nicht nur beim Aufstehen das genaue Gegenstück zu Julia, sondern auch auf allen anderen Gebieten. Sie war äußerst zart und von auffallender Blässe die ihr hellblondes Haar noch zu unterstreichen schien. Daneben war sie von eher feinsinniger Art mit ihrem Interesse für Poesie und Musik.

Während Julia ihre Gefühle ungeschönt zeigte, ja sogar auslebte, war Debbie fast immer zurückhaltend und daher unauffällig. - Gemeinsam war beiden allerdings ein recht eigenwilliger Charakter. Sie hatten klar im Blick, was sie wollten - und was nicht.

Mit ihrer Weigerung, am Morgen aufzustehen trieb es Debbie dann aber so weit, dass ich mir eines Morgens nicht anders zu helfen wusste, als ihr ganzes Bett anzuheben und sie - in ihre Decke gehüllt - aus dem Bett zu rollen. - Die anderen Mädchen bogen sich vor Lachen. Debbie dagegen fand das gar nicht lustig und brummelte schlecht gelaunt, sie sei doch noch so müde. Ich kam nicht auf den Gedanken, dass es hier eine Verbindung geben könnte zu ihrer Diabetes.

Doch war es darauffolgenden Morgen zu meinem Erstaunen Julia, die nicht aus dem Bett fand und Debbie die Show zu stehlen schien. Alle wunderten sich und boten sich an, sie zu wecken. Doch ich hinderte sie daran mit der Begründung, sie sei bislang immer die Erste gewesen, nun habe sie auch mal das Recht, Letzte zu sein. Eine Art ausgleichender Gerechtigkeit, die die Mädchen einsahen.

Die Zeit schritt voran und die Mädchen drängten, Julia endlich aus ihren Träumen zu wecken. Inzwischen war meine Kollegin gekommen und ich erklärte ihr die Situation, auf die sie ganz anders reagierte als ich. "Was? Julia schläft immer noch? Dann musst Du sofort die Ärztin rufen. Die ist im Koma!"

Ich war entsetzt. Der Gedanke wäre mir nie im Leben gekommen, da ich aus Unkenntnis mit so etwas einfach nicht gerechnet hatte. Rasch lief ich ans Telefon und kurz darauf kam die Ärztin angerannt und setzte ich an Julias Bett. Wir waren alle bestürzt und standen um ihr Bett herum.

Nun war ich meiner Kollegin ungemein dankbar, dass sie aus ihrer Erfahrung heraus geistesgegenwärtig genug war, die richtige Diagnose abzugeben. Ich wagte gar nicht mir vorzustellen, was hätte geschehen können, wenn sie an diesem Tag frei gehabt hätte und ich mit der Gruppe allein gewesen wäre. - Erst jetzt wurde mir so richtig bewusst, wie verantwortungslos die Camp-Leitung handelte, indem sie dies in meinem Fall so oft zuzulassen hatte und auch weiterhin zuließ.

Innerhalb weniger Minuten hatte die Ärztin Julia mit einigen Klapsen auf die Wangen, einer Insulinspritze und verschiedenen Anrufen wieder zurückgeholt. Als Julia erwachte, blickte sie erstaunt um sich und wusste nicht, was geschehen war. Sie sah uns erstaunt an, erhob sich mit Hilfe der Ärztin, die sie gar nicht mehr brauchte, so meinte sie jedenfalls; denn sie hatte sich rasch wieder gefangen und die ganze Situation war ihr ein wenig peinlich. - Offenbar war sie froh, in den Waschraum entweichen zu können.

- Zum Glück erlebte ich einen solchen "Fall ins Koma" nicht ein zweites Mal.

Es waren nicht nur diese singulären Ereignisse, die mir Julia so unvergesslich machten, ja sie mir regelrecht ins

Herz plumpsen ließen. Dieses kleine Mädchen in Gestalt einer Erstklässlerin war in ihrem ganzes Wesen von einer Respekt gebietenden Autorität, der sich niemand von uns entziehen konnten oder wollte. Sie schien uns alle fest im Griff zu haben.

Sie hatte es geschafft, die Arbeitszuteilung und die Kontrolle ihrer Ausführung in der ganzen Hütte zu behalten. Niemand wagte je, ihr in irgendeiner Form zu widersprechen. Der Erfolg hatte ihr Recht gegeben - und das wollte sie auch behalten.

Es war - wohlgemerkt - eine Sach-Autorität, kein anmaßendes Machtgebaren. Dabei kam es nicht selten vor, dass sie mit den Mädchen schimpfte, wenn sie ihre Arbeit nicht gut gemacht hatten. Und jene waren dann sofort bereit nachzubessern. Trotz allem - oder gerade deshalb - wurde Julia von der Gruppe heiß und innig geliebt - und vor allem respektiert.

Entgegen meinen Befürchtungen hatte weder ihre Hautfarbe noch ihre Kleinwüchsigkeit und schon gar nicht ihr komplettes Schweigen in den ersten drei Tagen auch nur die geringste negative Auswirkung auf ihre Stellung in der Gruppe. Sie hatte es mit ihrem durch und durch authentischen, umsichtigen und verantwortungsvollen Verhalten, aber auch trotz der tiefen sozialen Kluft zwischen ihr und den anderen Mädchen geschafft, sich den Respekt sowie Zuneigung und Bewunderung der anderen Mädchen zu verschaffen. - Ein Phänomen, das mir bis heute als etwas Einmaliges erscheint.

Doch war Julia bei weitem nicht nur die Starke, die alles im Griff hatte. Ebenso authentisch wie diese lebte sie auch ihre Schwächen aus. Für sie gab es kein Verstellen, auch sie das Einsammeln von Seifenresten völlig unbemerkt erledigte.

Ihr ausagierter Schmerz in der ersten Woche über die fehlende Post von Zuhause, war nur ein Beispiel.

Damals zeigte sie mir auch, wie überfordert sie war mit dem Abfassen eines Briefes nach Hause. Sie wollte der Mutter ihre Besorgtheit mitteilen, weil sie noch keine Post erhalten hatte.

Nachdem sie einige Sätze zu Papier gebracht hatte, kam sie mit ihrem Brief zu mir und frage nach der Schreibweise eines bestimmten Wortes. Ein Blick auf ihren Zettel - mehr war es nicht im Vergleich zu dem hübschen Briefpapier, auf dem die anderen Mädchen nach Hause schreiben konnten - offenbarte eine katastrophale Grammatik und Rechtschreibung. Dazu gesellte sich ihre krakelige und ungelenke Schrift, die einer Erstklässlerin hätte entsprechen können, obwohl sie doch bereits im vierten Schuljahr war.

Da ich auch die Briefe der anderen Mädchen zum Teil Einblick bekommen hatte, konnte ich die Ursache für Julias Mängel nicht dem New Yorker Schulsystem anlasten. Sie wusste im Übrigen selbst darum und schämte sich dafür. Dennoch unterließ sie es nicht, sich vor mir zu "outen". Doch tat ich so, als seien ihre mangelnden Sprachkenntnisse für ihr Alter etwas Selbstverständliches und buchstabierte ihr die benötigten Worte, die sie nur nach dem Gehör und dadurch kaum erschließbar aufgeschrieben hatte.

Ob die anderen Mädchen etwas von dieser Schwäche Julias mitbekamen, ist mir nicht bekannt. Aber ich glaube kaum, dass dadurch ihre Sympathie für sie geschmälert worden wäre.

Daneben imponierte mir aber auch ihr elementares **Selbstversorgungsverhalten**, das sie zwar gezielt, aber dennoch recht unauffällig an den Tag legte. Ein Verhalten im Zeichen der Armut, mit dem sie mich sehr bald dazu brachte, für sie mit zu denken. So machte ich es mir zur Gewohnheit, übriggebliebene Servietten und Plastik-Bestecke aus dem Speisesaal mitzunehmen, um ihr dies weiterhin zu ersparen. Ich wollte auf keinen Fall riskieren, dass aus diesem Grunde über sie geredet oder gar gespottet würde. Auch wenn diese Vorsicht möglicherweise überflüssig war. Julia nahm sie jedenfalls dankbar an und freute sich über den in ihrem Koffer allmählich anwachsenden "Reichtum".

Innerhalb kurzer Zeit war auf diese Weise ein stilles Einvernehmen zwischen uns entstanden, von dem die Gruppe wohl kaum etwas bemerkte.

Für mich zeige sich in diesem Verhalten die ganze Härte jenes Überlebenskampfes, dem sie in ihrem sozialen Umfeld von Kindheit an ausgesetzt war: Sie sammelte ja neben Plastik-Besteck und Servietten nicht nur Seifen-, sondern auch alle anderen Reste ein, die sich im Camp finden ließen: Egal ob Draht- oder

133

Papier-, Schaumstoff- oder Textilreste, Bleistiftstummel oder Farbreste. All diese Dinge wurden Tag für Tag im kunstgewerblichen Raum achtlos weggeworfen, den Julia zu ihrem bevorzugten Ort für ihre Abendbeschäftigung erkoren hatte.

Dort trafen wir oft zusammen, da ich hier die meiste Aufsicht übernahm. Nirgends sonst bot sich so zwanglos die Gelegenheit, den Kindern bei ihren Kreativ-Arbeiten zuzuschauen und sich zwischendurch mit ihnen zu unterhalten.

Dort erfuhr ich nicht nur von Julias Zwillingsschwester, die sie sehr vermisste. Da sie nicht zuckerkrank war, hatte sie keinen Freiplatz im Camp erhalten und konnte sie nicht begleiten. Zum ersten Mal in ihrem Leben waren sie nun für einen längeren Zeitraum voneinander getrennt.

Ich erfuhr dort auch, in welch rührender Weise Julia es verstand, ihre Zuneigung zu anderen Mädchen zum Ausdruck zu bringen. So hatte sie viele Abende an einem Korb aus buntem Draht gearbeitet. Ich war der Meinung, sie wollte ihn mit nach Hause nehmen. Doch als er fertig war, schenkte sie ihn Maria, die ihr in mancherlei Weise so ähnlich war.

Obwohl auch sie einen großen Mund hatte und sich Autorität zu verschaffen wusste, kam es nie zu einer Kollision zwischen den Beiden, weil sie sich einfach gegenseitig respektierten.

Nachdem Julia ihr Geschenk Maria wortlos, ja geradezu verschämt überreicht hatte, sagte jene in ihrer unbekümmert schlichten Art zu mir gewandt:
"Sie liebt mich".
Julia wiederum schien fast erleichtert, dass Maria ihr Geschenk als Ausdruck ihrer Zuneigung verstanden und ihr gleichzeitig eigene Worte abgenommen hatte. An dieser Stelle möchte ich Julia verlassen und auf Debbie zu sprechen kommen. Sie hatte sich mir in der zweiten Hälfte ihres Aufenthalts immer stärker zugewandt und war kaum noch von meiner Seite gewichen.

17. Debbie - das Gegenstück zu Julia

Bei keinem der Mädchen war das Heimweh so anhaltend wie bei Debbie. Allein aus diesem Grunde war sie mir in den ersten beiden Wochen besonders aufgefallen, diktierte sie es mir doch jeden Abend auf ihre Karteikarte. Nie vergaß sie dabei zu erwähnen, dass sie viel lieber zu Hause wäre als hier im Camp. Ob sie von vornherein gegen ihren Willen hierhergekommen war, mochte ich sie nicht fragen. Mir war jedoch bekannt, dass viele Eltern das Camp zur Aufbewahrung ihre Kinder benutzten, um ohne sie in den Urlaub fahren zu können. Möglicherweise war es bei Debbie ähnlich.
Sie machte es mir durch diesen quasi unfreiwilligen Aufenthalt im Camp auf jeden Fall schwer, einen

Zugang zu ihr zu finden und hielt sich auf Abstand. Bis auf das schwierige Aufstehen am Morgen war sie jedoch alles andere als ein "trouble-maker", sondern verhielt sich unauffällig und angepasst. Nur zu wenigen der Mädchen nahm sie näheren Kontakt auf.

Ansonsten hielt sie sich von allem fern. Stattdessen sah ich sie häufig lesen und schreiben. Immer trug sie ein kleines Büchlein bei sich, in das sie Eintragungen machte, dem sie aber offenbar auch Texte entnahm und las.

Sie war sicherlich kein Gruppenmensch, erweckte aber manchmal den Eindruck, sich für "etwas Besseres" zu halten.

Im ihrem ganzen Äußeren wie auch in ihrem Verhalten war sie schlicht und einfach das genaue Gegenstück zu Julia. In ihrem Äußern fiel es mir sofort auf. Wie sehr es aber auch in anderen Dingen zutraf, bemerkte ich erst, als sie sich mir nach den beiden Wochen ihres Heimwehs immer stärker näherte und meine Aufmerksamkeit suchte.

Nach diesen zwei Wochen war vom Heimweh nicht mehr die Rede. Jetzt schien sie ihren Aufenthalt im Camp zu genießen. Zwischendurch zeigte sie mir ihre kleinen Schätze, die sie mitgebracht hatte. Kurze Gedichte und Texte, die auf farbiges Papier geschrieben waren. Dazu typischer Mädchenschmuck, Fotos von ihrem Zuhause und vieles mehr.

Auf Spaziergängen sang sie mir ihre Lieblingslieder vor und freute sich, wenn ich das eine oder andere von ihr lernen wollte. Sie erwies sich als geduldige Lehrerin, die mit Lob nicht sparte, wenn ich das Lied zu ihrer Zufriedenheit mitsingen konnte.

Als mir eines ihrer Lieblingslieder besonders gut gefiel, ich den Text aber nicht mal eben beim Wandern lernen konnte, war sie überglücklich, ihn mir in schönster Schrift und fehlerfrei auf ihrem farbigen Briefpapier aufschreiben zu können - als Andenken, wie sie mir erklärte. Auch hierbei traten die krassen Unterschiede zu Julia überdeutlich zutage.

Die Texte, die ich von ihr damals lernte, habe ich im Übrigen bis heute nicht vergessen und singe sie von Zeit zu Zeit. Auch einen ihrer Briefe, die sie mir später von zu Hause noch schrieb, habe ich bis heute aufgehoben. Er endet mit den Worten: "I love you so much!" - Mit ihm hatte sie mich - auch im Namen ihrer Mutter - dringend eingeladen, sie in New York zu besuchen.

Dann brach die letzte Woche im Camp an und ich machte mir Gedanken, welche Andenken ich den Mädchen zum Abschied wohl schenken könnte. Ich wollte, dass sie sich möglichst lange an die schöne Zeit unseres Miteinanders erinnern konnte.

Manches dafür ergab sich während unseres Beisammenseins. Bekundete ein Mädchen Gefallen an meinen Habseligkeiten, T-Shirt, Halstuch, Armband etc., so notierte ich es sofort auf einer kleinen Liste. Bei zwölf so unterschiedlichen Mädchen, war es aber gar nicht so leicht, etwas Geeignetes zu finden. Sicherlich ist es mir auch nicht in jedem Fall gelungen.

Dann kam mir die Idee, während meiner Aufsicht im kunstgewerblichen Raum etwas für sie zu töpfern, zu nähen oder zu flechten. Auf diese Weise entstand zum Beispiel für Julia ein kleines Keramik-Gefäß mit Deckel. Erst nachdem sie von ihm so ungemein begeistert war, als ich es mit farbigem Überzug dem Brennofen entnahm, fasste ich den Entschluss, es ihr am Ende zu schenken.

Den ganzen Nachmittag unseres letzten Tages hatten wir Zeit zum Packen. Dabei ging es außerordentlich munter zu. Die meisten Mädchen freuten sich jetzt auf zu Hause, erzählten, welches Willkommens-Gericht sie sich im letzten Brief gewünscht hatten und stellten sich vor, wer sie bei der Ankunft des Busses in New York alles abholen würde.

An dieser freudigen Ausgelassenheit hatten zwei der Mädchen keinen Anteil: Julia und Debbie packten teilnahmslos und still vor sich hin.

Währenddessen ging ich von Zeit zu Zeit zu einem der Mädchen und überreichte in aller Stille mein Geschenk, so dass die anderen kaum etwas davon mitbekamen.

Als ich Julia das Keramik-Gefäß überreichte, war sie überglücklich. Sie hatte es längst wieder vergessen, nachdem sie sein Entstehen beobachtet hatte. Nun war sie fassungslos, dass es ihr gehören sollte. Ihre Dankbarkeit und Freude waren rührend.

Fast bis zum Schluss war ich mir nicht sicher, womit ich Debbie wohl erfreuen könnte. Mir war klar, dass es etwas Besonderes sein müsste, wenn es sie wirklich erfreuen sollte. Sie schien schon alles zu haben. Lieber hätte ich ihre gar nichts geschenkt, als eines dieser Verlegenheitsgeschenke, die sie achtlos beiseitelegen würde.

In buchstäblich letzter Minute entschied ich, mich von etwas zu trennen, was ich auf keinen Fall hatte hergeben wollen und das mir beim Packen in die Hände fiel. Es war ein Parfum-Roller aus dickem Glas mit goldfarbener Kappe, der ein besonderes Duftöl enthielt. Ich hatte ihn damals in England von einer sehr guten Freundin geschenkt bekommen und ihn seitdem nur für Reisen reserviert. Jetzt aber hatte ich das Gefühl, ihn an Debbie weitergeben zu müssen - schien es mir doch das einzige Geschenk, über das sie sich wirklich freuen würde.

Wie recht ich damit haben sollte. Als ich es Debbie in die Hand legte erstrahlte ihr Gesicht vor Freude. Fassungslos fragte sie:

"Ist das wirklich für mich? - Kann ich es behalten?",
Als ich bejahend nickte, fiel sie mir in ihrer Freude um den Hals und weinte vor Freude. Eine Reaktion, die mich damals überraschten; denn anders als bei Julia hatte ich bei ihr solche Gefühlsausbrüche nie erlebt. - Auch begriff ich zu diesem Zeitpunkt noch nicht, wie schwer ihr der Abschied fiel.

Da ich von meinem Bett aus in den Raum sah, konnten wir beim Packen Blicke austauschen. Immer wieder schaute sie zu mir herüber und schien nach wie vor fassungslos und glücklich über den Parfum-Roller. Sie begriff, dass ich ihr damit etwas ganz Besonderes zum Abschied geschenkt hatte.

Gleichzeitig war sie aber auch feinfühlig genug zu spüren, dass es mir nicht recht war, wenn sie es herumzeigte. Ich wollte den anderen Mädchen auf keinen das Gefühl vermitteln, dass ich sie zurückgesetzt hatte. Doch war es mir einfach nicht möglich, zwölf gleichwertige Geschenke aufzutreiben. Auch hatte sich mein Verhältnis zu ihnen sehr individuell verschieden gestaltet, was sich mit dem Geschenk selbstverständlich auch ausdrückte, - Vielleicht aber hatten die Mädchen ein solches Problem aber auch gar nicht...

Die meisten von ihnen bekamen überhaupt nicht mit, welche Geschenke ich an die Einzelnen verteilt hatte. Dazu waren sie viel zu sehr mit Packen und diversen Unterhaltungen beschäftigt.

So freute es mich, dass Debbie nicht in einen Jubelschrei ausbrach was auch gar nicht ihre Art war -, sondern das Geschenk fest mit ihren Fingern umschloss, es von Zeit zu Zeit anschaute und mir dann einen dankbaren Blick zuwarf.

18. Abschied vom Camp

Dann war auch dieser letzte Nachmittag vorüber und wir gingen zum Speisesaal. Dort wartete ein besonderes Festessen auf uns, das ein großes Stimmengewirr heraufbeschwor. Ausnahmsweise wurde einmal nicht zur Ruhe gemahnt.

Anschließend versammelten wir uns im großen Festzelt, das am Rande des Camps errichtet worden war. Dort sollte die eigentliche Abschiedsfeier steigen, auf die CCs und CITs sich besonders vorbereitet hatten. Es wr uns freigestellt, ob und in welcher Form wir uns daran beteiligen wollten. Wie es im Vorfeld hieß, würde sich jede Gruppe freuen, "ihre" CCs auf der Bühne zu sehen und sicherlich enttäuscht sein, wenn dies nicht eintrat. Wer wollte da schon zurückstehen? - Die Motivation von Seiten der Leitung war gelungen; denn ich hätte mich normalerweise nicht daran aktiv beteiligt, da ich Bühnen einfach verabscheute.

Am Eingang des Zeltes standen die Leute vom Staff und nahmen unsere diesbezüglichen Meldungen entgegen, die sie dann in ihr Programm einfügen wollten.

Ich hatte lange überlegt, was und ob ich überhaupt etwas beitragen wollten. In letzter Minute hatte ich mich zu einem englischen Song von Pete Seeghers entschlossen, um meinen Mädchen zum Abschied diese Freude zu machen. Das Lied hatte ich bereits häufig gesungen und war sicher, dass es klappen würde. -

Manchmal singe ich es heute noch - im Wald oder in meinen vier Wänden.

Es dauerte fast eine Stunde, bis alle Gruppen eingetroffen und alle Daten beisammen waren. Wir CCs inspizierten die Bühne und Mikrofone und einigten aus über die Reihenfolge. Von Zeit zu Zeit ließ ich mich bei meiner Gruppe blicken, um nach dem Rechten zu sehen. Sie machten Bänderspiele und unterhielten sich ohne zu streiten oder zu lärmen.

Es war in der Tat eine phantastische Gruppe, die mir als solche zu keinem Zeitpunkt Schwierigkeiten bereitet hatte. Dafür war ich den Mädchen unendlich dankbar, denn damit hatten sie mir den Aufenthalt so sehr erleichtert und mich zudem mit vielen Gesten und Worten beglückt.

Bei dieser Gelegenheit fiel mir auf, dass Debbie in tiefer Trauer still dasaß, während Tränen ihre Wangen hinab rannen, während sich zu beiden Seiten die Mädchen angeregt unterhielten. Sie alle waren sehr gespannt auf diesen letzten Abend - nur Debbie nicht. Ähnlich in sich gekehrt saß auch Julia ein Stück weiter und blickte stumm vor sich hin.

Auf eine solche Situation war ich in keiner Weise vorbereitet. Hatte sie auch in der ersten Gruppe nicht erlebt. Doch bei dieser zweiten Gruppe war sowieso alles anders.

Ich reagierte daher nicht, sondern wollte gerade wieder zu den anderen CCs zurückkehren, als mich Debbie zu sich winkte:

"Kann ich während der Feier neben dir sitzen?", fragte sie mich traurig.

"Aber natürlich Debbie, halt mir einen Platz frei. Ich bin gleich wieder da."

Als mein Einsatz endlich feststand kehrte ich zu meiner Gruppe zurück, setzte mich neben Debbie und legte ihr meinen Arm um die Schulter, indem ich zu ihr sagte: "Es wird sicherlich ein schöner Abend. Der wird dir gefallen."

Debbie aber antworte darauf nur mit einem heftigen Kopfschütteln.

Dennoch wurde es ein wirklich bunter und schöner Abend. Die CITs hatten sehr witzige Sketche eingeübt, bei denen sich die Kinder vor Lachen bogen. Mein Beitrag war zum Glück für die erste Hälfte des Programms geplant, so dass meine Aufregung sich rasch wieder legen konnte.

Mein Beitrag klappte recht gut - nur dass ich am Ende die Wiederholung des Refrains wegließ, weil mich ein plötzlicher Drang befiel, die Bühne so rasch wie möglich wieder zu verlassen. Doch das hatte wohl kaum eines der Kinder bemerkt. So sagte ich mir jedenfalls.

Meine Gruppe war begeistert und ich bekam von allen Seiten zu hören:

"Wir wussten gar nicht, dass du so gut singen kannst..."

Nur Debbie meinte trocken: "Ich wusste das schon..."

Kein Wunder, denn wir hatten des Öfteren auf unseren Wanderungen miteinander gesungen, was aber nicht alle Mädchen mitbekommen hatten.

Nach gut zwei Stunden war die Show vorüber. Die Kinder hatten sich köstlich amüsiert und waren in fröhlicher Stimmung - wenn auch nicht alle. Während wir zum Ausgang gedrängt wurden, hatte sich Debbie fest an meine Hand geklammert und wich den Rest des Abends nicht mehr von meiner Seite. Beim Verlassen des Zeltes spürte ich, wie auf der anderen Seite eine zweite Hand meine freie Hand ergriff. - Es war Julia. Mit Debbie und Julia auf beiden Seiten folgten wir dem Menschenstrom zurück zum Hauptplatz des Camps. Dort war in der Zwischenzeit noch ein Abschluss-Spektakel vorbereitet worden: Hoch über uns prangte auf einem riesigen Gerüst in großen Lettern der Name: CAMP NYDA.

Inzwischen war es stockdunkel geworden, denn auch die wenigen Lichter, die es im Camp gab, hatte man gelöscht. Nur Mr. Rutler wurde angestrahlt und hielt eine kurze Ansprache: Er bedankte sich unter anderem bei CCs und CITs "für die gute Zusammenarbeit und das Engagement am heutigen Abend". Dann wandte er sich an die Kinder mit der Hoffnung, dass sie eine schöne Zeit im Camp hatten. Mit guten Wünschen für ihre Zukunft und die Aussicht auf ein Wiedersehen im nächsten Jahr verabschiedete er sich dann offiziell von uns allen.

Dann trat John ans Mikrofon und erläuterte, dass Busse gleich nach dem Frühstück am nächsten Morgen bereitstehen und alle nach New York City zurückbringen würden...

Bei diesen Worten wurde Debbie von einem starken Weinkrampf geschüttelt und stieß unter Tränen hervor: "Ich will nicht nach Hause. Ich will bei dir bleiben..." Ihre Worte erschreckten mich. Mit einer so heftigen Reaktion hatte ich nicht gerechnet. Bevor ich darauf reagieren konnte, kam es zum "final shot": Eine Riesenflamme entzündete die Buchstaben CAMP NYDA. In beeindruckender Weise hoben sich die flammenden Buchstaben vom nachtschwarzen Himmel ab und leuchteten über uns hinweg. - Ein völlig überraschendes Spektakel, auf das wohl niemand von uns vorbereitet war.

Es hatte mir ein wenig Zeit gegeben, auf Debbie Worte zu reagieren. So beugte ich mich ein wenig zu herab und antwortete mit einem Augenzwinkern:

"Du bist schon ein eigenartiges Mädchen: Da erzählst du mir zwei Wochen lang jeden Abend, du hättest Heimweh und wärest viel lieber zu Hause. Jetzt aber, wo du endlich nach Hause zurück kannst, weinst du dir die Augen aus, statt dich zu freuen."

Zu meiner großen Freude lachten nun beide Mädchen - wenn auch unter Tränen, die einfach nicht versiegen wollten. Ich hielt beide fest an der Hand und wollte einfach warten, bis sie sie von selbst wieder los ließen

So blieben wir stehen, bis das Feuer allmählich erlosch und es immer dunkler wurde.

Dann gingen wir zu Dritt - weiterhin Hand in Hand - zurück in unsere Hütte. Dort blendete uns das grelle Neon-Licht und holte uns in die raue Wirklichkeit zurück, gegen die das gerade Erlebte wie ein Traum anmutete. Erst jetzt ließen die Beiden meine Hand los und fügten sich in den allabendlichen Ablauf des Geschehens.

Als alle im Bett waren, machte ich meine Runde und drückte jedem Mädchen einen Gute-Nacht-Kuss auf die gewünschte Stelle. Manche umarmten mich heute ein wenig länger, bei anderen war der Abschied kurz und schmerzlos. Von Debbie und Julia will ich gar nicht weiter berichten..

Es zerriss mir schier das Herz, mich von ihnen trennen zu müssen. Das wäre ohne ihre tiefe Trauer weit weniger schwierig gewesen. Ihren Abschiedsschmerz so unmittelbar mitzuerleben zu müssen und ihnen bei der Bewältigung nicht helfen zu können, war für mich etwas völlig Neues und machte mir noch lange zu schaffen. - Er war für mich die tiefgreifendste Überraschung, die mich noch lange bewegte.

Der definitiv schlimmste Augenblick aber war dann am nächsten Morgen: Während die Mädchen bereits in den wartenden Bus einstigen, hielt Julia mir ihr Tränen überströmtes Gesicht entgegen, auf das ich ihr einen Abschiedskuss geben sollte, drückte schweigend mein Hand ganz fest und stieg weinend in den Bus.

146

Debbie hatte an meiner Seite gewartet, ergriff meine Hand und küsste sie mit den Worten:
"Ich werde dich nie vergessen."
Dann stieg auch sie weinend in den Bus. Beide saßen an verschiedenen Stellen, an denen ich sie jedoch am Fenster sehen konnte. Ich blickte ein letztes Mal in ihre Tränen überströmten Gesichter als der Bus langsam davon rollte.
Als ich nur noch die Rückleuchten, konnte ich meine Tränen nicht mehr zurückhalten. - Es war ein Abschied für immer, doch zugleich eine Erinnerung für immer, die sich nach wie vor mit einem tiefen Schmerz verbindet.

„Drei Dinge sind uns aus dem Paradies geblieben:
die Sterne der Nacht,
die Blumen des Tages und
die Augen der Kinder."

(Dante Alighieri)